身体が快感に痺れ、彼をくわえ込んだ俺の蕾が、震えながらキュウンッと激しく収縮する。

「ああ……すごい、コウジ」

いつも余裕綽々なジャンニが、一瞬息をのみ、少しだけ切羽詰まった声で言う。

「震えながら締めつけてくる。搾り取られそうだ」

エキゾティックな
恋愛契約

エキゾティックな恋愛契約

水上ルイ

13302

角川ルビー文庫

Contents

Rui Minakami Presents　Exotic-na-Renai-keiyaku

花房敬吾　はなぶさけいご

私立清祥学園高校・教頭。モデル並みのスタイルと整った美貌を持つ。真堂家次期総帥・真堂秀隆の右腕でもある。冷徹な心の持ち主だが…。

速川爽二　はやかわそうじ

私立清祥学園高校1年生。両親を事故で亡くし、兄の陽汰と二人っきりで暮らしている。美しい外見とは裏腹に、勝ち気な内面を持つ少年。

花房と爽二のお話は『ドラマティックな恋愛契約』を読んでね!

小林優悧　こばやしゆうり

25歳。ジャンニの専属秘書。並はずれた頭脳と怜悧な美貌を持つ。

アシュラフ・アル・ザイーディ

ザイーディ財閥の次期総帥。ジャンニの学生時代の後輩。

Introduction

桜岡幸次　さくらおかこうじ

私立清祥学園3年生。テニス部部長。素直で優しい性格で学園の人気者だが本人は自覚ナシ?
後輩の爽二に失恋をし、傷心旅行で訪れたバリ島で、ジャンニと出会い恋に落ちたけど…。

ジャンニ・バスティス

29歳。世界中に520以上のホテルを持つバスティス・グループの総帥で、イタリアの財閥バスティス家の現当主。アジアとヨーロッパの血を引いた、漆黒の髪と瞳を持つエキゾティックな美貌の持ち主。仕事面では「鬼のバスティス」と呼ばれるほど冷酷なやり手だが、幸次には…?

★ジャンニと幸次の出会い編は『エゴイスティックな恋愛契約』で読めます!★

口絵・本文イラスト／こうじま奈月

桜岡幸次《さくらおかこうじ》

「……あっ、ジャンニ、ダメ……！」

ロッカールームの高い天井《てんじょう》に、俺の声が響《ひび》く。

「ダメ？　どうして？」

俺の身体《からだ》を後ろからしっかりと抱《だ》きしめて、ジャンニが甘く囁《ささや》く。

「……だ、だって……！」

彼の手が、ポロシャツ型の俺のテニスウエアの裾《すそ》から滑《すべ》り込んでくる。

「これからシャワーを浴びるというのに。服のままで入るつもり？」

「……ち、違《ちが》うけど……！」

滑り込んだ彼の手が、俺の肌《はだ》の上を辿る。

「それなら、おとなしくして」

「……あ、だって……こんなところで恥《は》ずかしいよ……！」

ここは、彼が連れてきてくれた、軽井沢《かるいざわ》にある会員制のテニスクラブ。

『日曜日にテニスをしないか？』って言われて、朝早くに待ち合わせをした。

てっきり近所の貸しコートにでも行くのかと思ったら、いきなり彼のリムジンに乗せられ、軽井沢まで連れてこられてしまったんだ。

さすが会員制だけあって、コートは完璧《かんぺき》に整備され、クラブハウスはまるでリゾートホテルみたいに豪華《ごうか》だった。

白いロッカーと観葉植物が並ぶこの部屋も、ロッカールームというよりは、まるでホテルのサンルームみたいだ。

天井に作られた大きな天窓のおかげで、陽《ひ》が燦々《さんさん》と射《さ》し込んで、すごく明るい。

まだお昼前だけど、朝早くに待ち合わせて彼と一緒《いっしょ》にたっぷりとテニスをしたから、身体は心地《ここち》よく疲《つか》れている。だけど……。

「君の体力を少し残しておかなくては、なんて言って早めに切り上げるから、この後で遊びに行くためかと思ったのに……っ！」

「もちろんこういうことをするためだ。しかも、テニスをする君が色っぽくて煽《あお》られた」

彼が言って、俺の首筋に音を立ててキスをする。

「この後で、まだ体力が残っていれば、遊びに連れていってもあげるけれど」

言いながら、お腹から鳩尾《みぞおち》、胸元《むなもと》を手のひらで辿《たど》られて、俺の呼吸が速くなってしまう。

「……そんな……こんなに明るいところで……あうっ！」

彼の指先が、乳首《ちくび》の先端《せんたん》をかすめる。オレは思わず声を上げ、慌《あわ》てて自分の口を押さえる。

「テニスクラブは貸し切りにしたと言っただろう？　誰《だれ》に聞かれる心配もないよ」

彼が耳元でクスリと笑い、俺のテニスウエアの裾を摑《つか》んでまくりあげる。

「そんな、だけど昼間から……わっ！」

果物《くだもの》の皮でもくるんと剝《む》くようにして上半身を裸《はだか》にされ、俺は恥ずかしさに息をのむ。

部活の後で着替《きが》える時、ほかの部員たちの前で当然ウエアを脱《ぬ》ぐ。

シャワールームに向かう時には腰《こし》に軽くタオルを巻いただけの格好になり、シャワーを浴びる時にはもちろん素《す》っ裸《ぱだか》だ。

そんな時だって、一度も恥ずかしいと感じたことなんかなかった。

……だけど。

彼の前でだけ、俺は、いつもとはまったく別の生き物になってしまうみたいなんだ。

俺の名前は、桜岡幸次《さくらおかこうじ》。

私立清祥《せいしょう》学園の三年生で、テニス部の部長を務めてる。

そして彼の名前はジャンニ・バスティス。国籍《こくせき》はイタリア。

バスティス家っていう世界に名だたる大富豪《だいふごう》の当主で、知らない者はいないであろう有名企《き》業《ぎょう》グループ、バスティス・グループの総帥《そうすい》でもある。

優秀《ゆうしゅう》でお金持ちで……だけどそれだけじゃなくて見た目もとんでもないハンサムだ。

俺と恋人同士《こいびとどうし》になってから、彼は仕事の拠点《きょてん》をイタリアにあるバスティス・グループ本社から日本支社へと移した。だけど世界中を視察で飛び回っているエリートだからそうそう頻繁《ひんぱん》には会えない。だから、いつもデートはめちゃくちゃ濃厚《のうこう》になりがちだ。

……だからって、こんなところで……。

脱衣《だつい》カゴにウエアを入れた彼が、俺を振《ふ》り向く。

「……あ……」

見つめられるだけで、心臓がズキンと甘く疼《うず》く。

真っ白いテニスウエアに包まれた、がっしりとした肩《かた》。

驚《おどろ》くような美しいフォームで、力強いサーブを繰《く》り出した、長い腕《うで》。

少しの緩《ゆる》みもなく、ギュッと引《し》き締まったウエスト。

白いショートパンツから伸《の》びるのは、美しい筋肉の浮《う》いた長い脚《あし》。

まるでパリコレのキャットウォークを歩いていそうな、完璧なスタイルをしている。

そして、美しいのは、その体形だけじゃなくて。

男っぽくて、セクシーな唇《くちびる》。

高貴な感じに、スッと通った鼻梁《びりょう》。

意志の強そうな凜々《りり》しい黒い眉《まゆ》。

鑿《のみ》で彫《ほ》り込んだようなくっきりとした奥二重《おくぶたえ》。

長い睫毛《まつげ》の下の、野性的に煌《きら》めく漆黒《しっこく》の瞳《ひとみ》。

アジアの血を遠くひいた、エキゾティックな感じの美貌《びぼう》。

彼は本当に……見とれるような美しい男なんだ。

彼の視線が俺の顔に当てられ、そこから首筋に落ち……焦《じ》らすかのようにゆっくりと、俺の身体を滑り降りる。

その視線を感じるだけで、そこからジワリと肌が熱くなる気がする。

俺は緊張《きんちょう》に耐《た》えきれずに、両手で自分の身体を抱き締める。

彼から視線を外して、一歩後ずさる。

男なのに、男である彼に見られるのをこんなに恥ずかしがるなんて……感じてしまいそうなのを自分から告白しているみたいだ。

……だけど……。

「……じ、自分で、脱げるから……」

言った声が甘くかすれていたことが、ますます恥ずかしさを煽る。

「ほんの少し脱がせただけで、そんなに可愛《かわい》い反応をするなんて」

彼がふいに手を伸ばす。そしてその美しくて大きな手で、俺の肩を包み込む。

「……あっ」

思わずピクリと身体を震《ふる》わせてしまった俺に、

「そうやって、男の欲望を、どうしようもなくかきたてる」

見つめてくるのは、切ない飢《う》えを含《ふく》んだ、獰猛《どうもう》な瞳。

「本当にイケナイ子だ」

肩をキュッと握《にぎ》りしめられただけで、俺の唇から甘いため息が漏《も》れてしまう。

「……あ……っ」

「君はとても綺麗《きれい》で色っぽいのだから、少しは自覚して、もっと自制しなくてはいけないよ」

甘く、そしてどこかつらそうな声。

横隔膜《おうかくまく》を揺《ゆ》らしてくるような美声に、俺の身体が震えてしまう。

「……俺、全然綺麗じゃないし、ごつくて、全然色っぽくなんかないし……」

「君はとても美しいし、しなやかな筋肉のついた身体は、色っぽくて私の好みにぴったりだ」

彼の手が、いきなり俺の身体をクルンと方向転換《てんかん》させる。

「……えっ？」

「自分がどんなに綺麗か、ちゃんと見てごらん」

気が付かなかったけど、俺が背にしていた壁《かべ》は一面鏡になっていて。

方向転換した俺は、上半身裸の自分と、いきなり向き合うことになってしまって。

「あっ」

思わず目をそらしそうな俺の顎《あご》に、彼の手がそっと触《ふ》れてくる。

「目をそらすのは許さないよ？」

甘い声で囁《ささや》いて、彼が身を屈《かが》め、俺の耳にそっとキスをする。

「……あ……っ」

目の前の俺が、甘ったるいため息をつき、その身体《からだ》を、ヒクン、と大きく震わせる。

……ああ、耳にキスされただけで……。

自分の反応に気づいて、俺は思わず真っ赤になってしまう。

……なんて声、出しちゃってるんだ、俺？

逞《たくま》しい彼の腕が、そっと俺の身体に回る。

「……う……」

彼の肌《はだ》は、そのエキゾティックな容貌《ようぼう》によく似合った美しい褐色《かっしょく》。

その長い腕は、しなやかで、完璧な形の筋肉を浮き上がらせている。

がっしりとした骨格をうかがわせる、逞しい肩。

筋を浮き上がらせた、男っぽい首筋。

俺はもう少し目を上げて……俺の後ろにある彼の顔を見上げる。

彼は、本当に愛《いと》おしげな顔で、俺の髪《かみ》にキスをする。

……ああ……。

俺の身体に、ズキン、と甘い痺《しび》れが走った。

「……愛してるよ、コウジ」

髪をゆらす彼の囁きは、とても真摯《しんし》で、彼が本当にそう思ってくれてるのがしっかりと伝わってくる。

だけど……だからこそ……こんな疑問が俺の中に常にある。

……大富豪で、大きなホテル・グループの総帥で、しかもこんなに美しい男の人が……。

俺は、いつものように思ってしまう。

……どうして、俺みたいな平凡《へいぼん》な高校生を愛してくれたんだろう……？

俺の髪にキスをしていた彼が、俺の視線に気づいたかのように、ふいに目を上げる。

彼のジャングルの闇《やみ》のような漆黒の瞳に見つめられて、俺の心臓が、トクンと跳《は》ね上がる。

「……愛している、コウジ」

切なげな声で囁いて、彼の手が俺の身体をキュッと抱《だ》きしめる。

「……あっ」

俺の頰《ほお》がカアッと熱くなる。

「私ではなく、自分を見てごらん？」

言われて、俺は思わず自分の顔に視線を移してしまう。

自分の顔を見た俺は、思わず小さく息をのむ。

女の子ならともかく、男の俺が鏡を見るのなんて、朝、顔を洗う時くらい。

朝の俺はいつでもはれぼったい目をして、眠《ねむ》そうで、とても美しいなんて思えない。まじまじと見たらコンプレックスを感じて朝から暗くなりそうだから……鏡を見るのなんて、いつでも本当にチラリとだけだ。

……だけど、今の俺は……？

陽《ひ》に灼《や》けた頬も、耳たぶも、恥《は》ずかしげな桜色に染まっている。

目は潤《うる》んでいて、唇は少しエッチな感じに開いていて……。

「……あ……」

俺の心臓が、トクン、と高鳴る。

……なんだか、すごく色っぽい顔してる……。

「君は本当に綺麗で、本当に色っぽいよ」

……ああ、彼は、こんなふうに甘い呪文《じゅもん》で……。

俺は自分の顔から視線がはずせなくなりながら、思う。

……俺を、こうやって魔法《まほう》にかけてしまうんだ……。

彼の手が、ゆっくりと俺の脇腹《わきばら》を撫《な》で上げる。

「……あ……っ」

ゾクリとした快感が、俺の身体をかけ上る。

「きちんと見て。自分がどんなふうに私の手に反応するか」

彼の囁きに、思わず鏡に映る自分に目をやった俺は……自分の身体の反応に気づいて恥ずかしさに真っ赤になる。

だって、ほんの少し触れられただけなのに、俺の乳首《ちくび》は……。

「……あ……もう、俺……っ」

「ダメだ。逃《に》げることは許さないよ」

逃げようとした俺の腰《こし》を、彼の手が後ろからしっかりと抱き留める。

「いつもは薄《うす》い珊瑚《さんご》色なのに、今はチェリーのように紅《あか》くなっているよ」

彼が囁きながら、俺の乳首の上を指先でくすぐる。

「……あっ……あっ……」

彼の愛撫《あいぶ》に反応して、痺れるような快感が広がってくる。

……ああ、俺の身体、いつのまに、こんなにエッチになっちゃったんだろう……？

「気持ちがいい？　先が、もうこんなに硬《かた》い」

そう。俺の乳首は、恥ずかしいほどに尖《とが》り、キュウッと硬く反応していて。

俺の反応を確かめるように、彼は人差し指と親指で俺の乳首を摘《つま》み上げる。

「……ああっ……！」

「いい声だ。こうされるのが好き？」

キュキュッと揉《も》み込まれるようにされて、俺の身体がヒクヒクと震えてしまう。

「……あっ……やっ……やだ……っ」

「嫌《いや》？　それなら、どうして……」

彼の右手が、俺の肌を撫でながらそっと滑《すべ》り下りる。

「……ここを、こんなふうにしているのかな？」

「……あっ！」

ショートパンツの下、いつのまにか大きく育ち始めていた俺の屹立《きつりつ》。

彼の手に、硬さを確かめるようにキュッと握り込まれて、俺は思わず声を上げてしまう。

「……ああっ、ダメっ、そんなところ……んんっ」

「ダメ？　そんなに甘い声を上げてしまうくせに？」

彼は言って、そのまま焦《じ》らすようにゆっくりと手を上下させる。

「……あっ……あっ……んんっ！」

こんなところでこんなエッチなコトをしちゃダメだって解《わか》ってるのに、彼の愛撫が気持ちよすぎてもう何もかも解らなくなってくる。

俺の屹立と、彼の手のひらの間には、まだ、ショートパンツと下着がある。

ほんの薄い布地の隔《へだ》たりなのに、なんだかものすごくもどかしくなってくる。

「……あっ……んん……お願い……っ」

俺は目を閉じ、後頭部を彼の逞しい胸にもたせかけながら、囁いてしまう。

「……イカせて……ジャンニ……ああっ」

「いい子だ。ちゃんと言えたご褒美《ほうび》だよ」

彼は言って、俺の身体からすべての衣類をはぎとった。

そして、その美しい身体を包む服をすべて脱《ぬ》ぎ捨て、俺の身体をその腕《うで》に抱き上げた。

「……あっ……何……？」

驚《おど》いて真っ赤になった俺の唇《くちびる》に、彼の唇が激しく重なってくる。

「……ん……んんっ！」

全裸《ぜんら》で受ける、貪《むさぼ》るようなキスに、気が遠くなりそう。

「……あう……ううん……っ」

彼の舌は俺の口腔《こうこう》を容赦《ようしゃ》なく愛撫し、力が抜《ぬ》けた俺の唇の端《はし》から、唾液《だえき》がこぼれ落ちた。

俺の腕が勝手に上がり、彼の首にすがりついてしまう。

クチュ、という濡《ぬ》れた音を立てて、二人の唇が離《はな》れる。

二人の唇を結んだ細い銀色の糸が、明るい陽差しにキラリと光る。

「……ああ……ジャンニ……」

ジャンニは、チュ、と音を立てて俺の唇にもう一度キスをする。

それから、燃え上がりそうに熱い目で俺を見つめて、

「もう我慢《がまん》できない。シャワールームで奪《うば》うよ。……いいね？」

欲望が滲《にじ》んだ囁《ささや》きに、身体《からだ》がズキリと甘く痛んだ。

「……うん……俺も……我慢できない……」

真っ赤になって囁いた俺を、ジャンニは獲物《えもの》を運ぶ獣《けもの》のようにシャワールームに運んだんだ。

「……あっ、あっ、あっ！」

シャワーのあたたかな雨の中、逞《たくま》しい屹立に後ろから貫《つらぬ》かれ、揺《ゆ》すり上げられる。

俺はタイルの壁《かべ》に縋《すが》るようにして、湧《わ》き上がる激しい射精感に必死で耐《た》える。

「……ジャンニ、もうダメ、俺……あああっ！」

腰をしっかりと摑《つか》まれ、ひときわ強く揺すり上げられて、俺はイッてしまいそうになる。

「まだだ、コウジ。我慢しなさい」

彼の手が、限界まで反り返って揺れている俺の屹立を、キュッと握《にぎ》り込む。

「……ああっ、いや、あっ！」

寸前でせき止められた快感が、俺の身体の中で嵐《あらし》のように荒《あ》れ狂《くる》う。

「……ああっ、ダメ……あう、んっ！」

身体が快感に痺れ、彼をくわえ込んだ俺の蕾《つぼみ》が、震《ふる》えながらキュウウンッと激しく収縮する。

「ああ……すごい、コウジ」

いつも余裕綽々《よゆうしやくしやく》のジャンニが、一瞬《いつしゆん》息をのみ、少しだけ切羽《せっぱ》詰《つ》まった声で言う。

「震えながら締《し》めつけてくる。搾《しぼ》り取られそうだ」

後ろから抱《だ》き締められ、根元を握り込まれたまま、さらに激しい抽挿《ちゅうそう》が始まる。

射精できないままに一番感じやすいところを容赦なく擦《こす》り上げられ、意識が飛びそうになる。

「……あんっ……あんっ！」

内壁《ないへき》で感じる、リアルな彼の逞しさに……また感じてしまう。

「……ああ、もう、許してぇっ！」

懇願《こんがん》するように、俺の内壁が、彼の欲望を絞《しぼ》り上げる。

「……くっ、コウジ」

彼がまた息をのみ、苦笑《くしょう》混じりの囁きで、

「本当にイケナイ子だ。いつのまに、そんなに上手になってしまったんだ？」

後ろから耳たぶを噛《か》まれて、身体がヒクヒクと震えてしまう。

「そんなふうにされたら、我慢ができなくなるよ」

「……我慢、しないで！……欲しいんだよぉっ！」

俺はもう何も解らなくなりながら叫《さけ》んでしまう。

「欲しい？　何が？」

「あなたの……う……っ！」

恥《は》ずかしさのあまり口ごもる俺を、彼がまたグイッと激しく突《つ》き上げてくる。

「……ああっ！」

「私の、何が欲しい？　言えたら、あげるよ？」

囁きながら激しく貫かれて、俺の目の前が真っ白になる。

「……あなたの熱いのが、中に、欲しいんだよぉっ！」

思い切り叫んでしまった俺の屹立が、ふいに解放される。

「よく言えたね。いい子だ。ご褒美だよ」

「……あっ、ああっ！」

とどめを刺《さ》すように深く貫かれて、俺の先端《せんたん》から、白い蜜《みつ》が、ドクッドクッと激しく飛んだ。

「……あうっ……くう、んん……っ！」

思い切り射精する快感が、俺の蕾をキュウッと硬く収縮させる。

ジャンニが小さく息をのみ、そして……。

「……愛してるよ、コウジ……」

俺の弱点を擦り上げるような、ひときわ激しい抽挿。

俺の蕾の奥深くに、彼の快楽が、ドクン！　と激しく撃《う》ち込まれる。

「……ああ……ジャンニ……っ！」

たっぷりとした蜜に内壁が燃えそう。その熱が、また快感を呼ぶ。

さっき放ったばかりなのに、俺の屹立が、ヒク、と震えて勃《た》ち上がってくる。

逞しいままの彼をくわえ込んだ蕾が、ジワジワと熱を上げる。

「……ああ……ああ……っ」

俺は壁に縋り、身体の甘い痺《しび》れに耐えきれずに、思わず震えてしまう。

「……ダメ……どうしよう、俺……俺……っ」

「どうした？　言ってごらん？」

囁きながら肩《かた》をそっと嚙まれて、俺の身体が痺れてしまう。

「……俺の身体、めちゃくちゃいやらしくなっちゃったよ……」

「どうして？」

「……だって……」

俺の蕾が、彼の屹立の硬《かた》さを確かめるように、キュッと収縮する。

「……まだ、こんなに熱くて……っ」

俺の囁きに反応したかのように、彼の欲望が、グッと大きさを増す。

「……ああっ……ジャンニ……俺……っ」

彼が苦笑して、俺の身体を後ろから抱き締める。

「そんな可愛《かわい》いことを言って煽《あお》られたら、許してあげられなくなる。このままで何度でもされてしまうよ？　いったん休んだ方がいいんじゃないか？」

言いながら焦《じ》らすようにゆっくりと引き抜かれていく。その拍子《ひょうし》に蕾から何かが溢《あふ》れた。

「……ああ、やぁっ……」

腿《もも》の内側を、あたたかな液体が、トロトロ、と滑《すべ》り落ちる。

「……や、溢れちゃう……っ」

それがさっき注ぎ込まれた彼の蜜だと気づいて、俺の身体がカアッと熱くなる。

「ダメ……抜かないで……っ」

……ああ、ものすごくいやらしいことを言ってるのは解《わか》ってる……。

俺は彼にお尻《しり》を突き出した、イケナイ格好のままで懇願する。

……だけど、欲しくて、我慢できないよ……っ。

「全部欲しい……そのまま、もっと……っ！」

ゆっくり引き抜かれていた途中《とちゆう》の彼の欲望が、ヒク、と動いてさらに大きさを増すのが解る。

「こら、そんな淫《みだ》らなことを言われたら、手加減する余裕がまったくなくなるじゃないか」

セクシーな声が少し切羽詰まったようにかすれているのに気づいて、俺の胸が熱くなる。

「……手加減、しなくていいから……あああっ！」

言葉が終わるのを待たずに、彼の両手が俺の腰骨《こしぼね》の上を捕《つか》まえる。

そのまま固定され、グッ、グッ、とリズミカルに抽挿されて、身体中に電流が走る。

「……あああっ、ジャンニぃっ！」

俺の蕾から溢れる蜜が、俺の内壁と、彼の屹立《きつりつ》の間で、グチュグチュ、と濡《ぬ》れた音を立てる。

シャワールームに響《ひび》くその淫らな音と、内壁で感じる彼の逞しさ、その熱さ。

「速いピッチで与《あた》えられる快感に、俺はもう気が遠くなりそう。

「……ああっ、ああっ、イクっ、あああっ！」

とどめを刺すようにして深くえぐられて、目の前が真っ白になる。

「……ああ、くう、ううん……っ！」

俺の先端から、ビュッ、と快楽の蜜が溢れた。

「……くっ……ああ……っ！」

……ああ、さっきイッたばっかりなのに……。

俺は後ろの蕾で、逞しい彼を絞り上げてしまいながら、思う。

……どうしてこんなに気持ちいいの……？

「……あ、んん……あっ」

彼の手が、蜜を吐《は》き出したばかりの俺の屹立を包み込む。

「……何？……やあっ……はふ……っ！」

まだ硬さのなくなっていない屹立を愛撫《あいぶ》されて、身体《からだ》がビクビクと震《ふる》える。

そのまま強く抽挿されて……また、最後の一滴《いってき》まで搾り出すようにして放つ。

「……コウジ、愛している……！」

俺の内壁の奥深い場所に、彼の熱い迸《ほとばし》りを感じる。

俺は、愛されている幸福に包まれながら……彼の熱い欲望を内側ですべて受け止めたんだ。

＊

「今回、いい出来だったわよ、桜岡くん」

小テストを返却《へんきゃく》しながら、先生が嬉《うれ》しそうに言う。

「特にこの英文和訳、完璧《かんぺき》なうえにロマンまで感じるわ」

今は、英語の授業中。

名門で知られるこの学園では、どの授業もすごく難しいんだけど……帰国子女が多いため、特に英語に力を入れている。

家庭教師をつけられていたせいで日常英会話ならなんとかこなせた俺だったけど、レベルが違《ちが》いすぎてなかなかついていけなかった。だけど、ジャンニという恋人《こいびと》ができてからは……。

「女主人公の人を愛する気持ちが、ひしひしと伝わってくるわ！」

先生は、俺の答案用紙を抱き締《だし》めて、うっとりと言う。

ハーレクインロマンスを読むのが大好きだというこの先生は、小テストの英文和訳に妙《みょう》にロマンティックな文章を出すので有名だ。昔の文学小説だからレベルは高いんだけど、それだけじゃなくてこんな恥ずかしい文章を日本語に訳すのは別の意味で難しいと言われていて……。

「もしかして、桜岡くんも、恋をしてるんじゃないかしら？」

にこにこしながら答案用紙を返却されて、俺の頬《ほお》がカアッと熱くなる。

「はい、満点！　恋をするのはいいことよ、桜岡くん！」

……そんなこと、言わなくていいのに……！

……ああ、またみんなに冷やかされる……！

俺は覚悟《かくご》をして、一呼吸置いてから振《ふ》り返り……クラスのみんなの顔を見回して、ますます赤くなる。

みんな、何か言いたくてうずうずしてるって顔で。

……ああ、授業が終わるまでには、みんな忘れててくれ！

キーンコーンカーンコーン！

俺の願いも空《むな》しく、いきなり終業を告げるチャイムが鳴ってしまう。

「あら。今日の授業は終わりにします。……学級委員、これ、返却しておいて！」

先生は言って、答案の残りを学級委員に渡《わた》してさっさと教室を出て行ってしまう。

「そうだよな、桜岡、最近妙に色っぽいよなぁ」

「やっぱり恋してるのかなぁ」

クラスのやつらが、興味津々《しんしん》って顔で言う。俺は必死で動揺《どうよう》を隠《かく》しつつ、

「し、してないよ。何言ってるのかなぁ」

言って席に戻《もど》ろうとするけど……。

「なあ、桜岡」

いきなり腕《うで》を摑《つか》まれて、ぎくりとその場に固まる。

「本当に恋人いないのか？」

真面目な顔をして聞いてきたのは、このクラスの委員長の嵯峨野《さがの》。スポーツ万能《ばんのう》で、顔もよくて、いいやつではあるんだけど……神経質で、規律に厳しいのが難点だ。

名門であるこの学園。生徒手帳には『不純異性交遊禁止』の文字が燦然《さんぜん》と輝《かがや》いている。

生徒手帳にはもちろん書いてないけど、不純交遊の相手が同性だったらさらにやばいだろう。

俺は、ばれたら本当にやばいよ！　と青ざめながら、

「い、いないよ。みんなが勝手に言ってるだけだってば」

俺が必死でごまかすと、嵯峨野はなんだかものすごく真剣《しんけん》な顔になって、

「こんなところでなんなんだけど……それなら、俺と付き合わない？」

「はあっ？」

「なんだか、最近、桜岡を見てると、俺、ドキドキするんだよ」

「ええっ？」

「なんか、本当に色っぽくなったよな、桜岡」

真剣に顔を見つめられて、俺は失神しそうになる。

もちろん、嬉しいから、じゃなくて、ショックで、だ。

……なんてことだ……！

バリ島のホテルのプールサイドでゲイらしきサラリーマンに口説かれたりはした。だけど相手は外国人だったし、場所は海外だった。

だから、『外国のゲイって変わった趣味《しゅみ》のヤツもいるんだ』って思うことができて。

……なのに！

俺は思わず後ずさりながら思う。

……日本で、しかも自分の通ってる学校で、なんで男に口説かれなきゃならないんだよ！

……それもこれも、俺に妙なことばっかり教え込む、ジャンニが悪いんだあっ！

＊

「……とか言って変な具合に迫《せま》られたりして」

俺は言って、ため息をつく。

「男と付き合ってると、そういうの、わかっちゃうもんなのかなあ」

放課後。ここは、テニス部の部室。

個人レッスンをつけるからって言って、一年生の速川爽二《はやかわそうじ》くんに残ってもらい、ほかの部員たちには先に帰ってもらった。

爽二くんはめちゃくちゃテニスが上手で……というか悪くすれば俺よりもずっと上手だ……もちろん個人レッスンなんて言うのはただの口実。

実は。

この爽二くんはこの学園の教頭、花房敬吾《はなぶさけいご》先生とラヴラヴの秘密の恋人同士。……ということはゲイの先輩《せんぱい》でもある。

自分はゲイじゃないかな、と薄々《うすうす》感づいてはいたけど、まさか自分が受ける側、しかもジャンニみたいな熱烈《ねつれつ》な男の恋人になっちゃうなんて夢にも思ってなかった俺は、この爽二くんを、師匠《ししょう》として頼《たよ》りにしてる。年下で後輩《こうはい》の彼を頼ってるなんて、ちょっとナサケナイけど。

「なるほど。最近はいろいろな男から迫られる、と」

俺の支離滅裂《しりめつれつ》な話を、爽二くんは辛抱強《しんぼうづよ》く聞いてくれて。

しかも、しっかりとうなずいてくれて。

……ああ、やっぱり爽二くんって頼りになるかも。

爽二くんは、その綺麗《きれい》な顔に、うっとりするような笑《え》みを浮《う》かべて見上げてくる。

「……あの。この先は、シャワーを浴びながら話しませんか？」

「あ、そうだった！」

俺は、自分たちがテニスを終えたままのウエア姿であることを思い出す。

「ごめん！　練習で汗かいたから、シャワー浴びたかっただろ？　そしたら浴びてきて！」

「桜岡部長だって、シャワー、まだじゃないですか」

爽二くんは言って、笑いながら俺の手首をキュッと握《にぎ》る。

「一緒《いっしょ》に入りませんか、と言っているんですけど」

きらきら煌《きら》めくうす茶色の瞳《ひとみ》に、至近距離《きょり》から見上げられて、俺はちょっとクラッとする。

……ああ、爽二くんって、本当に綺麗なんだよな。

俺はうなずきながら思う。

……彼に恋をしてるって誤解してた自分も、けっこう理解できるぞ。

そう。俺は、爽二くんに初めて会った時、心臓をズキュンと撃《う》ち抜《ぬ》かれたような気がした。

だって、キラキラの瞳と、真っ白な肌《はだ》、輝くような笑みは……本当に綺麗で、可愛《かわい》くて。

そして、自分にはない彼の強さや凛々《りり》しさを知るにつれ、心がキュンとなるようになって。

その後、その気持ちが恋ではなくて『自分もこんなふうに綺麗で強く生まれたかった』っていう願望だったことを、ジャンニが教えてくれたんだけど……。

……でも、やっぱり憧《あこが》れに足るだけの存在だよね、爽二くんって。

……その爽二くんと、二人きりでシャワー。

俺は一人で赤くなりながら、ウエアを脱ぎ捨てる。

部員たちとシャワーを浴びるのは毎日だし、ほかの部員の裸《はだか》くらい見慣れてるけど……俺は爽二くんの身体《からだ》だけは見たことがない。

だって、あまりにもおそれ多くて、なんだか直視できなくて。

だから、爽二くんがシャワーに入ってきたらいつも慌《あわ》てて逃《に》げてたりしてて。

……しかも、今日は二人きり……。

「お先に。すぐに来てくださいね」

後ろで爽二くんの声がして、彼がシャワールームに向かう裸足《はだし》の足音がする。

俺はトランクスを脱ぎながら、一人で緊張《きんちょう》する。

……俺、爽二くんの裸なんか見たら、もしかしたら発情しちゃうかも？

……いきなり襲《おそ》いかかっちゃったらどうしよう、俺？

俺は思い、慌ててプルプルとかぶりを振る。

……そんなことしたら、爽二くんの熱々の恋人、花房教頭先生にコロサレちゃうぞっ！

……爽二くんの身体は、絶対に見ないようにする！

俺は拳《こぶし》を握りしめて心に誓《ちか》い、それから腰《こし》にタオルを巻く。

ボディーソープとシャンプーを持ち、深呼吸してから、思い切ってシャワー室のドアを開く。

ドアからすぐのシャワーの下、爽二くんが向こうを向いてシャワーを浴びていた。

あまりにも近くにいた彼に驚《おどろ》いて、俺は誓いも忘れて、彼を直視してしまう。

湯気の向こう、キラキラとお湯を撥《は》ね返す、輝くばかりに白い身体。

少年と青年の中間って感じの、繊細《せんさい》な骨格。

彼のすらりと伸《の》びた手足は、最小限だけど強い瞬発力《しゅんぱつりょく》を秘めていそうなしなやかな筋肉に覆《おお》われている。

シャワーブースの小さいスイングドアが、彼の背中からお尻《しり》の部分をわずかに隠している。

……服を着てる時には本当に華奢《きゃしゃ》に見えるんだけど……。

俺は思わずその身体に見とれてしまいながら思う。

……さすが、スポーツ万能の爽二くんらしい身体だ。

俺の場合、骨格がしっかりしてるから服を着てるとがっしりして見えるんだけど、脱いだらそんなに筋肉があるわけじゃなくて、胸とかお腹《なか》とか薄《うす》くて……けっこう情けない。

……こんなふうに繊細に鍛《きた》えられた完璧《かんぺき》な筋肉は……なんだかすごくうらやましいな……。

「部長？　早く浴びないと身体が冷えちゃいますよ？」

爽二くんの不思議そうな声に、思わず呆然《ぼうぜん》と見とれてしまった俺は、ハッと我に返る。

「……あっ、う、うん！」

俺は慌てて歩き、爽二くんの隣《となり》のシャワーブースに滑《すべ》り込む。

腰のタオルをほどいて裸になり、緊張しながらコックを捻《ひね》り、いきなり降ってきた水に飛び上がり、焦《あせ》りながら湯温を調整する。

……部活の後輩と一緒にシャワーを浴びるだけなのに、なんでこんなに緊張してるんだ、俺？

……やっぱり、爽二くんの身体がめちゃくちゃ綺麗だったからかな？

「部長？　すみません、ボディーソープ忘れちゃったんですけど」

隣のブースから聞こえた爽二くんの声に、俺はハッと我に返る。

「えっ？　あ、俺、持ってきたよ！　今、そっちに渡《わた》すから……っ」

「でも、部長も使うでしょう？」

仕切の向こうから、爽二くんの笑みを含《ふく》んだ声が聞こえる。

「そっちに行ってもいいですか？」

「ええええーっ？　ちょっと、待って、そんな……っ」

「いいですよね？　男同士だし」

声がして、爽二くんのブースのスイングドアが開いた音。

そしていきなり俺のブースのスイングドアが外から開かれる。

「うわーっ！」

そこには、小さなタオルを腰に巻いただけの、裸の爽二くんが立っていた。

「失礼します」

俺はそこで、憧れの爽二くんの前で素《す》っ裸《ぱだか》で立っていることに気づいて青くなる。

「あぁっ！」

俺は慌ててタオルを取り、自分の腰にそれをぎゅうぎゅう巻き付ける。

「ご、ごめん、見苦しいもの見せちゃって！」

「全然見苦しくなんかありません」

微笑《ほほえ》みながら言った爽二くんの視線が、俺の身体の上をゆっくりと往復する。

「シャワー浴びる時、部長、恥《は》ずかしそうにすぐに逃げちゃうんですよね。だから、部長の身体って、マジマジと見るの初めてなんですけど……」

「うわ、爽二くん、見ないで！　君みたいに綺麗な身体の子からそんなふうにマジマジと見られると、俺、どうしていいのか……っ！」

「僕なんかより、部長の身体の方がずっと綺麗で、しかもセクシーですよ」

「えっ？」

爽二くんは俺よりも小さくて、華奢なミルク色の身体をしていて、本当に綺麗。

そんなふうに美しい爽二くんの、あまりにも意外な言葉に、俺は思わず呆然としてしまう。

「そ、そんなわけないじゃないか」

俺は思わず悲しい気持ちで笑ってしまいながら、

「俺なんか、骨だけがっしりしてて、いまいちアンバランスで、背だって高いし……んっ」

言い募《つの》ろうとする俺の唇《くちびる》に、ふいに爽二くんの人差し指が触《ふ》れてくる。

「それ以上は言わないで。そうやって自己暗示にかかってしまうんですよね、部長は？」

「……んん？」

「先週あった部内の練習試合だって、最初は絶好調だったのに、『俺は爽二くんには勝てなくて……』とか言い始めたら本当に調子が悪くなって、本当に僕に負けてしまって」

「……んん……っ」

爽二くんは俺の反論を指先で封《ふう》じたまま、真摯《しんし》な顔で俺を見上げてくる。

「マイナスの自己暗示です。あなたの悪い癖《くせ》ですよ？」

「んん？」

「いつも『俺は綺麗じゃない』とか『俺は色っぽくない』とか言って、自己暗示にかかって。しかもそのせいで、ガードまで甘くなって」

爽二くんの指先が、俺の唇のラインをスッと撫《な》でた。

「……ん……っ」

ジャンニとのキスにすっかり馴《な》らされてしまった俺の唇。

彼が舌で唇を愛撫《あいぶ》する時、よくこんなふうに軽い感触《かんしょく》で唇のラインを辿《たど》るんだ。

ジャンニとのキスをいきなり思い出してしまった俺の身体が、ピク、と震《ふる》えた。

「……う……っ」

「ほら。すぐそんなふうに可愛《かわい》い反応をしてしまって」

爽二くんの指先が滑り、水滴《すいてき》に濡《ぬ》れている俺の頬《ほお》をそっと撫でる。

「ジャンニさんのこと、思い出してます？」

「……えっ？」

「部長、あの人に、めちゃくちゃに可愛がられていそうですよね」

爽二くんの指がさらに滑り、濡れた感触で俺の耳の形をそっとなぞる。

「……あっ、ダメ……っ」

ジャンニはよく、唇で俺の耳の形を辿り、濃厚《のうこう》なキスをする。

それを思い出してしまった俺の身体が、ピク、と震えてしまう。

「やっぱりそうだ。耳に触《さわ》っただけで、震えてしまって。……部長って、本当に可愛いな。抱《だ》き締《し》めたくなるくらい」

爽二くんが笑いながら、俺の身体《からだ》にそっと腕《うで》を回す。

「うわああっ、爽二くんっ！」

シャワーの雨の中で感じる、滑《なめ》らかな感触の爽二くんの肌《はだ》。

裸の肌に押しつけられる人の肌の感触に、ジャンニとの夜が甦《よみがえ》る。

カアッと熱くなった身体に、爽二くんの手のひらが滑る。

「綺麗《きれい》な肌。テニスのせいで小麦色で、だけど服に隠《かく》れた胸やお尻は、けっこう白くて」

爽二くんの指先が、いたずらをするように、俺の乳首《ちくび》を、チョン、とつつく。

「そのうえ、乳首は誰《だれ》にも触れられたことがないみたいな、ヴァージンピンクだし」

「……あぁん……っ！」

身体に甘い電流が走り、俺の唇から恥ずかしいほど濡れた声が漏《も》れた。

「すごく可愛い声。もし僕が攻《せめ》だったら、今頃《いまごろ》、無事ではすみませんよ?……っていうか」

爽二くんの指が、戯《たわむ》れるように俺の乳首の周りに円を描《えが》く。

「二人でイタズラしちゃいません? あなたの初々《ういうい》しい反応を見てたら、なんだか、エッチな気持ちになってきちゃった」

「ちょ、ちょっと待って、爽二くん! 君には花房教頭先生っていう熱愛中の恋人《こいびと》がいて、俺にはジャンニっていう恋人が……ああんっ!」

反論を封じ込めるように片手で腰を引き寄せられ、敏感《びんかん》な首筋をペロリと舐《な》められる。

「……あ、やだ……ああ……っ」

ジャンニのせいでめちゃくちゃ快感に弱くなってる俺の身体が、ヒクヒクと震えてしまう。

……どうしよう、俺の身体……。

俺は、真っ赤になってしまいながら思う。

……めちゃくちゃいやらしくなっちゃってるじゃないか……っ!

「安心して。僕が提案しているのは浮気《うわき》じゃなくて、ただの、お互《たが》いの手でするイタズラです」

爽二くんが背伸《せの》びをして、俺の耳に向かって囁《ささや》いてくる。

グッと腰《こし》を引き寄せている腕は、華奢《きゃしゃ》に見えるけど、鍛えてるだけあってけっこう力強い。

ジャンニが前に言ってた、爽二くんは君よりずっと攻の傾向《けいこう》が強い、って言葉が甦る。

「……ほら、運動部のシャワールームの定番じゃないですか？」

囁いてくる彼は……いつもの彼とは別人みたい。

恋人がいる俺ですら、なんだかクラッと来るほどセクシー。

しかも腰を引き寄せた手が、さりげなく敏感な脇腹《わきばら》のあたりを愛撫していて……。

「……んん……っ」

思わずよろめいて、俺は呼吸を乱しながらシャワーブースの壁《かべ》によりかかる。

「……ああっ、ダメだよ……っ」

「部長って、本当に感じやすいんですね。ジャンニさんの前ではいつもそんなふうに色っぽいんですか？……ほら、ここ、もうこんなに勃《た》ってますよ？」

濡れた指で、乳首の先端《せんたん》、触れるか触れないかのところを撫でられて、また震えてしまう。

……ああ、まるでジャンニの愛撫みたい……。

「……ああん……はふっ……」

思い出しただけで、身体に甘い電気が走る。

「……ダ……ダメだよ……爽二、くん……っ」

俺は必死で彼の手を摑《つか》むけど……彼の手は驚《おどろ》くほど華奢で、繊細《せんさい》で、乱暴にひきはがすことなんてとてもできない。

「……ああ、本当に可愛い。僕、本気で発情しちゃいそうです」

爽二くんがイタズラっぽい声で言って俺に抱きつき、首筋を猫《ねこ》みたいにペロンと舐め上げる。

……爽二くん、ジャンニが言ったとおり、限りなく攻に近い人なのかもっ！

……今は高校一年だから、まだまだ背も低くて身体も華奢だけど、これからめちゃくちゃな色男に化けるかもっ！

「部長、すごく可愛いし、色っぽいし、僕、観察して勉強してみたいんです」

俺の背中にあった彼の手が、俺の腰までゆっくりと滑り下りる。

「部長が感じちゃった時、どんなふうになるのか」

彼の手が腰に巻いたタオルにかかったのに気づいて、俺は真っ赤になる。

「……ダメっ……爽二くんっ……これ以上は、俺……っ！」

「秘密にしておけば、わかりませんよ。……タオルの下にも触っていいでしょう？」

爽二くんが俺の首筋に、唇を押し当てる。

そのまま甘く吸い上げるところが、ジャンニのキスに似ている。

「……ああ……ん……っ」

彼のキスを思い出して、思わず頭が霞《かす》みそうになった時……。

「それは私が許可しない」

いきなりシャワールームのドアが開き、凛《りん》とした低い声が響《ひび》いた。

「……うっ？」

俺は爽二くんと抱き合った格好のままで顔を上げて、湯気の向こうに立つ人を確認《かくにん》し……。

「うわあああっ！」

思わず叫《さけ》んでしまう。

そこに立っていたのは、逞《たくま》しい身体をダークスーツに包んだとんでもないハンサム。

彼は、この清祥学園の教頭、花房敬吾先生。

そして……この爽二くんの熱愛中の恋人だ。

彼の彫刻《ちょうこく》みたいに整った美貌《びぼう》は、教育者らしい無表情を保っている。

だけど彼の漆黒《しっこく》の瞳《ひとみ》の中には、まるで野生の狼《おおかみ》みたいなものすごく獰猛《どうもう》な光が揺《ゆ》れていて。

……や、やばすぎるっ！　爽二くんを誘惑《ゆうわく》したって思われて、殴《なぐ》られるかも……っ！

……だって、俺と華奢な爽二くんじゃ、どう見たって俺の方が攻だし……っ！

俺は爽二くんと抱き合った格好のままで、花房教頭を見上げ、思わず震えてしまう。

……こんな外国人並みに逞しい人に本気で殴られたら、俺、本気で死ぬかも……っ！

「桜岡部長、これで自分がどんなに感じやすいか、しかも無防備か、わかりましたか？」

爽二くんはちょっと先生っぽい、真面目《まじめ》な顔になって言う。

「迫《せま》ってくるヤツがいてフシギ、とか言ってる場合じゃないんです。ともかく攻の香《かお》りのするヤツには極力近づかない。僕からシャワーに誘《さそ》われた時には断るべきだったんです」

爽二くんが言って手を下に滑らせ、タオルごと俺のお尻《しり》を両手で包み込む。

「僕が悪いヤツだったら、もっとすごいことされてましたよ？」

両方の手で左右のお尻を握《にぎ》り込まれ、そのままキュッと押し広げられる。

「……あぁっ、爽二くん、そんなこと……っ！」

「……爽二、悪い子だ」

花房教頭が、あきれたようなため息をつきながら言う。

「可哀想《かわいそう》に。彼は怯《おび》えているじゃないか」

「可愛《かわい》いでしょう？　小鳥みたいに震《ふる》えちゃってる。たまらないなぁ」

爽二くんが言って、もう一度俺の首筋にチュッとキスをする。

「僕が攻だったら、本気で放《ほう》っておかないですよ？」

「だが、君は攻ではないだろう。……まったく」

花房教頭はもう一度ため息をついて、俺を見つめる。

「すまなかった、桜岡くん。爽二は少し拗《す》ねているんだ」

「……え……っ？」

「ここのところ学園の仕事が忙《いそが》しくて、構ってやれていなかったんだよ」

「あなたなんか、関係ない。まるで待ってたような言い方しないでくれる？」

いつもの穏《おだ》やかな彼とは別人みたいな、なんだかすごく怒《おこ》った口調。

「僕は、桜岡部長とエッチなコトをしてみたかっただけだ。邪魔《じゃま》が入って不愉快《ふゆかい》だよ」

「じゃあ、どうして部室まで迎《むか》えに来いなんてメールをよこした？　しかもわざわざシャワールームにいることが解《わか》るように、彼に声を上げさせたりして」

花房教頭の言葉に、爽二くんがピクンと肩《かた》を震わせる。

「そこから出ておいで、爽二」

花房教頭が、爽二くんに向かって手を差し出す。

あきれたような声で言いながらも、彼の黒い瞳の中には獰猛でセクシーな炎《ほのお》が燃えている。

「この私を煽《あお》るようなことをして。今夜はたっぷりとお仕置きだよ」

爽二くんはほかの誰《だれ》にも見せないような挑《いど》むような目で花房教頭を睨《にら》み、それから、苛《いら》ついたようなため息をつく。

「わかったよ。だけど、あなたに桜岡部長の色っぽい裸《はだか》を見せたくない。すぐに行くから、シャワールームから出ててくれる？」

花房教頭はうなずいて踵《きびす》を返し、シャワールームから出ていく。

ドアが閉まった途端《とたん》、爽二くんはクスリと笑う。

彼の意外な反応に、俺は驚いてしまう。

見上げてきた爽二くんは、さっきまでの怒ったような彼とは別人みたいなご機嫌《きげん》な顔で微笑《ほほえ》んでいた。彼は外に聞こえないように、ひそめた声で、

「……大成功。ご協力、ありがとうございました」

「……へっ？」

「……煽って、それから拗ねたフリをするのが一番効くんですよ、あの人には」

「……はい？」

「……ラヴラヴの夜になりそう。楽しみ」

爽二くんは、クス、と可愛い顔で笑い、それからいきなり俺に抱《だ》きついてくる。

「うわ、何？　あっ！」

爽二くんが、俺の胸元《むなもと》にキスをして、キュウッと強く吸い上げたんだ。

「ああ、そんなことをしたら……っ」

「……お礼です。ジャンニさんに、楽しいお仕置きをしてもらってくださいね」

爽二くんは片目をつぶり、それから平然とした顔でシャワーブースから出ていく。

スタスタとシャワールームを横切って歩き、ドアの前で振《ふ》り返って、

「それじゃ、お先に失礼しまーす」

いかにも爽《さわ》やかなスポーツ部員って顔で笑い、シャワールームを出ていく。俺は、自分の身体《からだ》を恐《おそ》る恐る見下ろし……胸元に、くっきりとキスマークがあることに真っ青になる。

……うわあん、こんなにくっきりつけられたら、一週間は消えないぞ！

俺はキスマークを見下ろして心の中で叫ぶ。

……爽二くん、あんな可愛い顔して、まるで小悪魔《こあくま》だっ！

そのキスマークのおかげで、ジャンニにうんとお仕置きされてしまったのは言うまでもない。

……まあ、嫌《いや》じゃなかったのも、事実なんだけど、ね……。

ジャンニ・バスティス

「社長。午後からの予定ですが……社長？」

秘書のいぶかしげな声に、幸次のことを考えていた私はふと我に返る。

「なんだ？」

相手はその怜悧《れいり》に整った顔に、かすかにあきれたような表情をよぎらせる。

「あなたが私生活でどんなことをなさろうと私にはまったく関係はありませんが……」

彼は手を上げ、その白い指先で、クールな印象の縁《ふち》無し眼鏡《めがね》に触《ふ》れ、キュッと押し上げる。

「……仕事だけは、きちんとこなしていただきたいです。先週も……」

最近解ったのだが、これは、表情をほとんど変えない彼の、怒っている時に出る癖《くせ》らしい。

「確かに私は、先週、君の監視《かんし》の目をすり抜《ぬ》けて会議をすっぽかし、コウジとテニスをしに行った」

私が言うと、彼は、眉毛《まゆげ》をキュッと上げて、謝って当然ですよ、という顔をする。

「ただ、先週の会議は私が出なくても進む議題だと思った。それが証拠《しょうこ》に、きちんとプロジェクトは成功し、こうやって無事に書類が回ってきたじゃないか」

私は、彼がデスクに積み上げたばかりの書類の山から、一冊のファイルを出してみせる。

「けっこういい解決策が出たじゃないか。逆に、私がいないことで取締役《とりしまりやく》たちが危機感を持ったのではないか？　自分たちでいい解決策を出さなければ社長の怒《いか》りを買う、とね」

「それは認めます」

彼は言い、それからきっぱりした口調で、

「しかし、私に無断で会議をサボったことのいいわけにはなりません」

「わかった、わかった」

私は両手を上げて、降参、の意思を示す。

「君に迷惑《めいわく》をかけたことを謝る。そしてこれからはサボる時には君の許可を得る。……どう？」

「できればサボらずにお願いできると嬉《うれ》しいのですが？」

「コウジから急なデートの誘いがあった時には、約束はできない。日本の学生である彼と、世界を飛び回っている私は、なかなか会うことができないんだ。……新婚《しんこん》だというのに」

私がため息をついてみせると、小林《こばやし》は、仕方のない人だ、という顔で、

「わかりました。では、デート以外の用件ではサボらずに」

と言い、レンズの向こうの目を光らせる。

「そのかわり、デート以外の時には精一杯《せいいっぱい》働いていただきます。それが会社のためですから」

「オーケーだ。熱心な秘書を持って、私は幸せだよ」

彼は、自分が優秀《ゆうしゅう》なのは当然だ、とでも言いたげな顔で、チラリと眉《まゆ》を上げる。

彼の名前は、小林優悧《ゆうり》。二十五歳。

雪のように白い肌《はだ》、そこに落ちた何かの実のような赤い唇《くちびる》。

長い睫毛《まつげ》と、怜悧に光る黒い瞳《ひとみ》。

彼の並外れた美貌《びぼう》を、ますます人形じみて見せている、クールな縁無し眼鏡。

日本のトップレベルの大学を卒業し、トップの成績で我が社に入社し、一番のエリートが集まる国際事業部で活躍《かつやく》していたようだが……なぜか希望を出して秘書室に異動になった。

そして本拠地《ほんきょち》を日本に移してからの、私の、専属秘書になっている。

彼ほどの頭脳を持つ男が、どうして秘書室への異動願いを出したのかは謎《なぞ》だが……まあ、人にはいろいろ事情があるのだろう。

社長である私にとっては、彼のような優秀な秘書がいるのは好都合。もう少し人間的になってくれると少しは仕事が楽かと思うのだが……それは贅沢《ぜいたく》というものだろう。

その時、私の胸ポケットのプライベート用の電話が、着信音を奏《かな》でた。

私は液晶《えきしょう》画面で相手の名前を確認《かくにん》し、急いで電話に出る。

『もしもし、ジャンニ？』

電話から聞こえてきたのは、愛《いと》しい幸次の声だった。

「そうだよ、コウジ。……どうした？」

『仕事中にごめんなさい。ええと、忙《いそが》しかったら切っちゃっていいよ？』

「いや、まったく忙しくない。暇《ひま》で暇でどうしようかと思っていたところだ」

私が言うと、分厚いスケジュール帳を捲《めく》っていた小林が、縁無し眼鏡の向こうから怒《おこ》ったように目をキラリと光らせる。

『あのね。お昼前の授業が休講になったんだ。だからもし時間があったら、一緒《いっしょ》にお昼ごはんをどうかなって思って……』

私は腕《うで》を上げて時計を見、彼の授業の時間割を思い出す。

「授業が休講になったばかりにしては遅《おそ》い時間だね。もしかして学校を抜けだしてこの近くに来ている？」

私が聞くと、幸次は恥《は》ずかしそうな声で、

『ご、ごめん。本当は会社のすぐ前にいるんだ。だけど忙しかったら全然いいから……』

「忙しくないと言っただろう？……すぐにおいで」

私が甘く囁《ささや》いてやると、幸次は恥ずかしそうに息をのむ。

『あ、でも、ランチ・ミーティングとかない？　大丈夫《だいじょうぶ》？』

「ああ……ランチ・ミーティングはあったのだが、先方の都合でキャンセルになったんだよ」

私が言うと、小林は責めるように眉をつり上げる。

私が頼《たの》む、という意味で片手を上げてみせると、小林はあきれたため息をつきながらも渋々《しぶしぶ》うなずいてくれる。

もちろん、ミーティングの予定はあり、キャンセルになどされていない。これから小林がキャンセルの電話をかけるのだ。

「ランチの予定がなくなってしまって、困っていたんだ。もしよかったら、近くで何か買ってきてくれないか？」

幸次が遠慮《えんりょ》せずに入ってこられるように言うと、幸次は嬉しそうに、

『あ、それなら、この近くの公園に、チリドッグの屋台があるんだ！　それ、買っていってあげるよ！　けっこう美味《おい》しそうだったよ？』

「チリドッグ？　それは美味しそうだ。頼める？」

『うん！　そしたら、十分後くらいに行くから！』

「いつものように、下についたら受付から電話をしてくれ。……また後で」

私は電話越《ご》しにキスを送り、彼の気が変わらないうちに電話を切る。

「ランチ・ミーティングは社長の体調不良のためにキャンセル。ランチは社長室でチリドッグ。私は秘書室の全員を連れて外でランチをとって参ります。……よろしいですか？」

無感情に言われた小林の言葉に、私は深くうなずいてみせる。

「君は本当に優秀な秘書だよ、ミスター・コバヤシ。私はコウジとの愛の時間を何よりも大切にしたいんだ。協力してくれてありがとう」

小林はキュッと眉をつり上げ、

「できれば、昼間から社内でいやらしい行為《こうい》には及《およ》ばないようにお願いしたいのですが？」

「いやらしい？　もちろんそんなことはしない。愛を確かめ合うだけだ。それを、いやらしいなどとは、少しも思わないよ」

小林は少し驚《おどろ》いたように微《かす》かに目を見開き、それから目の錯覚《さっかく》か、と思うくらいのほんの微かな笑《え》みをその唇の端《はし》に浮《う》かべる。

「なるほど。社長らしいご回答です」

それからまたいつもの無表情に戻《もど》って、

「十四時からのプロジェクト会議を欠席することは無理かと思われます。その前のスケジュールなら、なんとかなりますが」

「わかった。どうせコウジは午後の授業が始まるまでには学校に帰ってしまうだろうし」

「その代わり、本日はたっぷりと残業していただきますよ」

「なるほど、君は本当に優秀な秘書だ」

私が言った時、デスクの電話が鳴った。私が電話を取ると、女性秘書の声が、

「社長。幸次さんがいらしていると、受付から電話が入っておりますが」

「ありがとう。すぐに社長室に通すように伝えてくれ。……それから、今日のランチは私がご馳走《ちそう》する。私は行けないが、コバヤシに軍資金を渡《わた》すのでゆっくり楽しんできてくれ」

「まあっ、本当ですか？　嬉しいわ！……みんな、ちょっと、ちょっと……！」

女性秘書たちのはしゃぐ声を受話器の向こうに聞きながら、私は受話器を置く。

眉をキュッと上げてみせる小林に、私は財布《さいふ》から出した一万円札を数枚渡す。

「これで、秘書室の親睦《しんぼく》を図《はか》ってきてくれ」

小林はうなずきながらそれを受け取って、丁寧《ていねい》な仕草で内ポケットにしまう。

「ごちそうさまです」

「いや、君たちにはいつも世話になっているから」

小林は、本当です、という顔をしてみせてから、何も言わずに頭を下げて踵《きびす》を返す。

彼がドアノブに手をかけようとした時、社長室のドアが外から叩《たた》かれた。女性秘書の声が、

「社長？　幸次さんがおいでになりましたが」

「通してやってくれ」

「……だそうですよ。どうぞ？」

女性秘書の声がして、ドアが外から開く。

そこに立っていたのは、いかにもお坊《ぼっ》ちゃま学校らしいスタイリッシュな制服に身を包んだ幸次の姿だった。

どんな服を着ていても彼はとても美しくて可愛《かわい》らしいが、この制服を着ている時の幸次は、禁欲的な雰囲気《ふんいき》も相まって、妙《みょう》に色っぽい。

「ええと、チリドッグ、買ってきた、よ……？」

幸次は、両手に紙袋《かみぶくろ》を持っていた。

「この格好で会社に入るの、けっこう恥ずかしかったけど」

幸次が言うと、女性秘書が小さく吹《ふ》き出す。真っ赤になってしまった幸次を見て、

「あら、ごめんなさい。可愛いから笑っただけなのよ？　それに……」

彼女は楽しそうに笑いながら、幸次の肩《かた》を気楽な調子で、ポン、と叩く。

「社長がチリドッグにかぶりつくところ、ちょっと見てみたかったわって思って」

「児島《こじま》さん」

小林が言って、さりげなく幸次と彼女の間に割り込む。

「ランチの時間は店が混みますので、すぐに出発します」

「あら、そうですわね！　みんなにもすぐ支度《したく》をするように言わなくちゃ！」

彼女は慌《あわ》てて言って、社長室から駆《か》け出していく。幸次は彼女の後ろ姿を目で追って、

「この会社の秘書室って……本当に美人ばっかりだよね」

驚いたように言う。小林が、

「幸次さん。それくらいにしておかないと、後が大変ですよ」

「え？」

「彼女があなたに触《ふ》れたことで、社長の我慢《がまん》の限界も近いですから」

「へっ？」

小林は、その目の奥に不思議と優《やさ》しい表情を浮かべて、幸次を見下ろしてくる。

「それでは私はこれで。隣《となり》の秘書室には誰《だれ》もいなくなります。ごゆっくりどうぞ」

言って、そのまま秘書室を出て行く。

幸次は彼の言葉の意味を考えるように見送り……それからハッとして私を振《ふ》り返る。

「もしかして、秘書のみなさんに、どこかに行っているように、とか言わなかった？」

「いや。彼らが勝手に出かけて行くだけだよ」

私は言うが、幸次は信じていない顔で私を見上げてくる。

「ええと……あなたが『日本にいる時にはいつでもここに来ていい』って言ってくれてるから来てるけど……もし、迷惑《めいわく》だったら、すぐに言ってね？」

彼は心配そうに顔を曇《くも》らせて言う。

「ただでさえ、こんな大企業《だいきぎょう》の社長室に押しかけるなんて、気が引けるんだから」

「社長の私が許可しているんだ。君が遠慮をすることはまったくない。それに君は、表向きは、ホテルに関する若い年代の意見を聞くための、私のアドバイザーということになっているし」

「そうは聞いてるけど……だけど……」

「そのうえ、君の伯父《おじ》さんが、パシフィック・トラベルの桜岡社長であることはみんなよく知っているんだ。桜岡社長にはいつもお世話になっている。彼の甥御《おいご》さんが遊びに来てくれているのに、それに文句を言う社員はどこにもいないよ」

「いや、伯父さんの方こそ、いつもあなたにお世話になってるって言いっぱなしだよ。だって伯父さんの会社は、ここに比べたら本当にすっごく小さいし……」

幸次はまだ心配そうな顔で言い、それから紙袋からチリドッグを出して私に差し出す。

「まあ、いいか。ランチにしようよ。冷めたら美味しくなくなっちゃう」

「いくらだった？　あとでお金を返すから……」

「これは俺のおごりだよ」

幸次は、まだ何かが引っかかっているかのような顔で笑う。

「いつもたくさんお金を使わせてて……俺、ちょっと心苦しいところもあるんだ。だから、これくらいはおごらせてくれる？」

彼は、私が莫大《ばくだい》な財産を持っていることはもちろん知っているが、金銭的な面で自分から私に頼《たよ》ろうとしたことは一度もない。そのことも、私にはとても好ましい。

……彼は、これからどんどん素晴らしい青年に育っていくのだろうな。

私は、彼を眩《まぶ》しい気持ちで見つめながら思う。

「ありがとう。それなら、遠慮なくごちそうしてもらう」

私が言うと、彼は嬉《うれ》しそうに微笑《ほほえ》んで、ローテーブルの上に買ってきた品物を広げる。

「うん、オニオンリングとメキシカンサラダも買ってきた。これもどうぞ」

急ごしらえのピクニックのような昼食だが、彼と一緒《いっしょ》だと思うと不思議と心が弾《はず》む。

「いただきます」

私はチリドッグを持ち上げ、包装紙をやぶいてそれにかぶりつく。

チリビーンズとソーセージ、そしてハラペーニョの辛《から》さが、なかなか絶妙《ぜつみょう》だ。全粒粉《ぜんりゅうふん》を使っているらしいザラリとした感触《かんしょく》のパンもとてもよく合っている。

「……とても美味しいな」

私が呟《つぶや》くと、彼はホッとしたように息をつく。

「よかった。あなたみたいなお金持ちの口に合うか、心配だったんだよね」

「学生時代、私はスイスにある全寮制《ぜんりょうせい》の学校に放《ほう》り込まれていた。だからこういうファースト・フードを初めて食べたのは大人になってからだし、そのためか、妙に憧《あこが》れがあるんだ」

「そうなんだ。チェックしといて、よかった」

「え？」

彼はなんとなく恥《は》ずかしそうな顔になって、

「本当は、テレビでやってたんだ。今話題の美味《おい》しいチリドッグを出す屋台だって。あなたの会社のすぐ近くだなって思って、前からチェックしてたんだ」

彼は言い、大きな口を開けてボリュームのあるチリドッグにかぶりつく。

「……んっ」

無防備にかぶりついたために、赤いチリソースが溢《あふ》れて彼の唇《くちびる》を濡《ぬ》らす。

「……んんーっ」

チリドッグが大きすぎるために、上手に嚙《か》み切れないらしい。チリドッグをくわえたままで私を見上げ、恥ずかしそうに頰《ほお》を赤くするところが……妙に色っぽく見える。

彼は思い切りチリドッグを嚙み切り、満足そうな顔で咀嚼《そしゃく》する。

それから子供のような顔でにっこりと微笑み、

「うん、美味しい。当たりでよかった」

私は手を伸《の》ばし、彼の口の脇《わき》についたままのチリソースを拭《ぬぐ》ってやる。

「ソースがついている。子供みたいだよ」

その指を舐《な》めると、彼はさらにカアッと赤くなる。

彼は恥ずかしそうに紙ナフキンで口《くち》の端《はし》を拭い、それからふいに真面目《まじめ》な声になって、

「そういえば……あなたの秘書の小林さんって、すごく綺麗《きれい》な人だよね」

「……え……？」

「あなたと彼が並んでるところ、ちょっと見とれちゃった。お似合いだなって」

さりげなさを装《よそお》って言われた彼の言葉に、私は思わず笑ってしまう。

「どこからそういう発想が出てくるのかな？　コバヤシはたしかに優秀《ゆうしゅう》な秘書だが……」

言いかけて、私は思わず言葉を切る。

私を見上げてきた幸次の顔が、意外なほど真剣《しんけん》だったからだ。

幸次は何かを言いたげに唇を動かし……それから少し悲しそうな顔で私から目をそらす。

「何か言いたいことがあるようだね、コウジ？」

「え？　いや、別に……あっ」

彼の頬に手を当て、キュッと力を入れてこちらを向かせる。

「『ジャンニは、彼に心変わりしていないだろうか？』もしかして、そう言いたい？」

彼は驚《おどろ》いたように目を見開き、そして悲しそうな顔になって小さくうなずく。

「小林さんはまるでモデルさんみたいに綺麗だし、身体《からだ》はすらっとして優雅《ゆうが》だし。なによりも小林さんならいつでもあなたのそばにいるだろ？　だから……」

私は指先で彼の唇に触れ、彼の言葉を止めさせる。

「君だけを愛している。そう言っただろう？」

私は心を込《こ》めて囁《ささや》くが、自分にまったく自信のない彼は戸惑《とまど》うような顔をするばかりだ。

……私がどんなに愛しているか、きちんと解《わか》らせなくてはいけない。

……言葉だけではなく、行動で。

私は思い、前から考えていたことを実行に移す決心をする。

「そういえば、来週から一週間、連休があると言っていたね？」

幸次は驚いたように目を見開き、それから少しあきらめたような顔で目をそらす。

「うん。だけど、あなたは忙《いそが》しいよね？　俺のことは、別に気にしなくていいから。一人で過ごしたって楽しいし」

健気《けなげ》に言って、少し悲しげに笑う彼の様子が、私の心を甘く痛ませる。

……このお姫《ひめ》様は、こうやっていつも我慢《がまん》をして、自分の中にため込んでしまうのだろう。

彼は、自分ではとてもしっかりしているつもりなのだろうが、本当はとても繊細で、そしてとても甘えたがりのお姫様だ。

……繰《く》り返し繰り返し愛を囁いて、彼の心を溶《と》かし、そして蕩《とろ》けるほどに甘やかしてやらなくてはいけない。

……セックスの最中以外は、彼は処女のように恥ずかしがり屋で、しかもとても遠慮《えんりょ》深い。

その彼を、どうやって警戒《けいかい》させずに甘やかすかが、問題なのだが。

「ちょうど休みが取れたので、君と小旅行に出たい。私のために予定を空けてくれる？」

彼は驚いたように目を見開き……それからとても嬉しそうに、花のように微笑んだ。

……ああ、彼と二人きりのバカンスが、私はこんなに待ち遠しい。

桜岡幸次

『旅行といってもたいして遠くにはいかない。パスポートだけ持ってくれれば大丈夫《だいじょうぶ》だよ』

ジャンニの言葉を思い出しながら、俺は辺りを見回す。

ここは、成田《なりた》空港の第一ターミナル。

……彼の言葉通り、本当に軽装で来ちゃった。

俺の手には、いつも使ってる小さめのスポーツバッグ。

二日分の着替《きが》えと、今月分の小遣《こづか》いの残りの二万二千円、それにパスポート。バッグに入ってるのはそれだけだ。

……たいして遠くじゃないってことは、香港《ホンコン》とか、台湾《たいわん》とか、ソウルとかだよね。

旅行ってものに全然慣れてない俺にとっては、それでも海外には変わりない。

……あんなに簡単に言ってくれちゃって。

俺は妙《みょう》に緊張《きんちょう》している自分が、すごく子供っぽく感じられて一人で赤くなる。

……普通《ふつう》の庶民《しょみん》の俺にとっては、飛行機に乗るだけだって、たいへんなことなんだからな！

俺はキョロキョロしながら、待ち合わせ場所になっているVIPラウンジを探す。

「……ええと……どこだ、VIPラウンジって？」

呟いた時、後ろから聞き覚えのある声が俺を呼ぶのが聞こえた。

「幸次さん。そこでしたか」

慌《あわ》てて振《ふ》り向くと、そこに立っていたのは、小林さんだった。

……小林さん……？

俺は、目の前に現れた意外な人物に、驚いてしまう。

……どうしてここに……？

「社長から、迷っているかもしれないので捜しに行ってくれないか、と言われてきました。すぐに見つかってよかったです」

「……え……？」

俺は彼の言葉に呆然《ぼうぜん》とする。

「社長はもう到着《とうちゃく》なさってすでにお待ちです。どうぞこちらへ」

「あ、はい」

小林さんに案内されて歩きながら、俺はまだ呆然としていた。

……これって、どういうことだろう？

俺は、ジャンニが、二人だけのバカンスに誘《さそ》ってくれたんだと思ってた。

だから当然、空港に現れるのは彼一人だろうって思ってたんだ。

……なのに……？

「邪魔《じゃま》者がいて申し訳ありません。お二人だけで行かせて差し上げたかったのですが」

小林さんが、まるで俺の心を読んだかのようなタイミングで言う。俺はすごくアセッて、

「いや、もちろん、邪魔なんかじゃないけど……ちょっと不思議だなって……」

「社長は、あなたのために一週間の休暇《きゅうか》をお取りになりました」

小林さんは俺と並んで歩きながら、無感情な声で言う。

「ですが、どうしてもずらせない緊急《きんきゅう》の用件がいくつかあります。そのために私もいちおう同行しますが……もちろん飛行機の席は離《はな》れた場所に取りますし、ホテルでも極力あなたの前には姿を現さないようにします。ですから、あなたは、私の存在は忘れてくださっていて結構ですよ」

……って言われても……。

俺はなんだかものすごく消沈《しょうちん》してしまいながら、

「……やっぱり、一週間も一緒《いっしょ》にいるのは、無理なことだったのかな？」

「バスティス・グループの総帥《そうすい》であるあの方が、それだけの長い休みを取ることが、どんなに大変なことか、想像できますか？」

「……あ……」

彼の言葉に、身体からサアッと血の気が引いていく。

「……やっぱり俺、この旅行、断るべきだったんだね……？」

俺の唇《くちびる》から、今にも死んでしまいそうなかすれた声が漏《も》れた。

「……そうだよね、ただの学生の俺と、大企業《だいきぎょう》の総帥である彼が、同じようにノンビリしていいわけがないんだ。ごめんなさい、俺、やっぱり行かないって彼に……」

「最後まで話を聞いてください。私は、そんなことを言おうとしているのではありません」

小林さんにピシリと言われて、俺は言葉を切る。

「もともと優秀《ゆうしゅう》な方ではありますが……あなたと旅行の約束をなさってからの社長は、まさに人が変わったように働きました。そしてこの一週間の休みをもぎとったのです。ですから」

彼は横を歩く俺を見下ろして、ほんの少しだけ唇の端《はし》に笑みを浮《う》かべてくれる。

「旅行をお楽しみになってください。そして働きづめの社長を、少しでもリフレッシュさせてあげてください」

「……え……？」

俺は、初めて見る彼の笑みと、初めて聞くその優《やさ》しい口調に驚いてしまう。

……綺麗《きれい》だけどいつも無表情で、ちょっと怖《こわ》い人かと思ってたけど……？

「秘書である私が言うことではありませんが、社長はともかく働き過ぎです。あなたという方がいるので、仕事の予定をいくつかキャンセルしたりなさいますが……」

彼はため息をついて、

「それくらいでちょうどいいんでしょうね。あんなに集中なさる方が、あんなに強引《ごういん》にたくさんのスケジュールを入れている。すべてをこなしていては、身体《からだ》を壊《こわ》しかねません」

「……ほ、本当？　そんなに過密スケジュールなの？」

俺が心配になって聞くと、彼はうなずいて、

「私が調整しようとしても、仕事熱心で禁欲的《ストイック》な社長は、自分の仕事を減らすことを許しません。唯一《ゆいいつ》の例外が、あなたとのデートなんですよ」

「そう……なの？」

「ええ。しかも、『鬼《おに》のバスティス』と呼ばれていた社長が、最近はとても人間的な面を見せるようになったように思います。あなたという存在を、私は個人的にとても歓迎《かんげい》しています」

「……本当……？」

「ええ。……私のことはいないものと思って、バカンスを楽しんでください」

「うう……ん。でも小林さんに悪いみたい。俺たちの旅行に付き合わされてしまって。しかもあなたの場合は仕事の出張ってことになるんだよね」

小林さんは、平然とした顔で肩《かた》をすくめる。

「ご心配なく。仕事が終わった後には、現地で休暇を取ることにしていますから。飛行機代もホテル代もタダの旅行と思えば、少しくらいは働かされても文句は言えませんよ」

彼が言った時、向こうからジャンニが走ってくるのが見えた。

「コウジ！」

彼は俺を見つけて嬉《うれ》しそうに微笑《ほほえ》みを浮かべる。

「よかった、迷子《まいご》にならなくて！」

走って俺を捜してくれていたのか、速い呼吸。少し乱れた髪《かみ》が、なんだかすごくセクシー。

俺は、ピシリとダークスーツを着こなした彼の美男子ぶりに、思わず見とれてしまう。

そして、旅行者らしき女性たちも、俺と同じようにうっとりと彼に見とれてることに気づく。

……ああ、彼があんまりハンサムだから、ほかの人も注目してる！

……これからの一週間、彼は俺だけの物なんだからな！

俺は心の中で権利を主張してしまい……それから一人で赤くなる。

……俺って、独占欲《どくせんよく》、すごく強いのかも……。

＊

「小旅行って言ったのに！」

俺は、あきれた気持ちで叫《さけ》ぶ。

「ここ、アフリカ大陸じゃないか！」

俺たちが乗った飛行機が着いたのは、なんと、モロッコという国だった。

空港からリムジンで走り……俺たちが到着したのは、美しいオアシスの街だった。

飛行機の中で半袖《はんそで》のTシャツと膝《ひざ》までのカーゴパンツに着替《きが》えておいたから助かったけど……気温は三十度を超《こ》えてるだろう。張り切ってスーツを着たままだったら地獄《じごく》だったはず。

ジャンニは、ヴァニラアイスクリームみたいな色の麻《あさ》のスーツ。涼《すず》しげな薄《うす》いグリーンのネクタイに、白の綿シャツ。そして薄いベージュの革靴《かわぐつ》。

きちんとした格好なのに、涼しげで、粋《いき》で、見とれるほどいい男なところが憎《にく》らしい。

ちょっと恥《は》ずかしいけど、俺はそれまでモロッコがどこにある国なのか、はっきりとイメージすることができなかった。

「映画の『カサブランカ』に出てきた街がある国だったかな？　ってことくらいはなんとなくわかるけど……世界地図でどこにあるか示せって言われたらわからないなあ」

「モロッコの位置は、ここだよ」

リムジンの中に備え付けられていた地図を取り、ジャンニがそれを広げて説明してくれる。

「モロッコは、アフリカ大陸の最上部、その左隅《ひだりすみ》にある。北には地中海、西には大西洋。アルジェリアや西サハラ、モーリタニアに囲まれた国だよ」

「へ〜、こんなところだったんだ？」

「カサブランカは、大西洋沿いのここ。今いるのはここ。マラケッシュだ」

ジャンニの長い指が、カサブランカから南に下がった内陸部を示す。

「アラビア語で、モロッコのことを『El-Maghreb』と言う。日の没《ぼっ》する国という意味だ」

「日の没する？」

「アラブ圏《けん》の西の果てなんだ。国民のほとんどがイスラム教徒で、アフリカ大陸にはあるが文化的には完全にイスラム世界だな」

「ううん、たしかに建物とか、歩いてる人とか、そういうイメージだよね」

俺はリムジンの窓から外を見ながら言う。

屋外市場らしい場所に集まっているのは、綿シャツの裾《すそ》を長くしたような民族衣装《いしょう》（ジュラバというらしい）と、肩下までの布（カフィーヤというらしい）を被《かぶ》ったいかにも砂漠《さばく》の民《たみ》、という感じの人々。

彼らが引くのは、房飾《ふさかざ》りのつけられた大きなラクダや、山のように荷を積んだロバたち。

市場に面した広場には、大道芸をしている芸人たちや、食べ物を売る屋台が見える。

「なんだか面白《おもしろ》そう。探検したいな」

「ホテルに行ったら、落ち着いてしまいそうだ。その前に、街を探検してみようか？」

俺は、なんだか自分まで子供に戻《もど》ったような気分でウキウキしてくる。

「うん！」

ジャンニは運転手さんに車を停めさせ、俺たちは財布《さいふ》だけを持って身軽に車を降りた。

「……すごいなあ……ここがマラケッシュの街？」

リムジンから降りた俺は、びっくりして辺りを見回す。

目の前には、テレビなんかで見て想像していた、イスラム世界そのものって感じの光景が広がっていたからだ。

「迷路《めいろ》都市と呼ばれている場所だから、一人になったらすぐに迷ってしまうよ」

「え？　本当に？」

ちょっと焦《あせ》る俺の肩を、彼の手がキュッと抱《だ》き寄せる。

「だが、私と一緒《いっしょ》なら大丈夫《だいじょうぶ》だよ」

囁《ささや》いて、赤っぽい砂色の壁《かべ》に挟《はさ》まれた路地に、どんどん入っていく。

「この都市が最初に造り始められたのは、一〇六二年。ベルベル人の王、ユスフ・タシュフィンによってだ。巨大《きょだい》なオアシスで、面積は東京でいえば山手線《やまのてせん》の内側の半分にもなる」

「……ええっ？　砂漠の中にそんなに大きい街があるんだ？」

「そうだよ。広大なナツメヤシの群生地に囲まれ、さらに城壁《じょうへき》に囲まれた都市だ」

「しかし……」

俺は、路地の両側にそびえ立つ高い高い壁を見上げながら言う。

「どうして壁に囲まれてるんだろう？　これじゃあ絶対に迷うよね？　両側って何？」

「この辺りの両側は、ほとんどが住宅だ。道に面した場所には窓をほとんど作らず、入り口のみにしている」

「窓がなくちゃ、暗くないのかな？」

「たいてい、中にはオープンエアの中庭がある。入り口や窓はそこに向けて作られる。宗教上の理由で人前でベールを脱《ぬ》げない女性たちも、そこでなら太陽を見られるからね」

「へえ～、なるほどね」

俺はなんだか感心してしまいながら壁を見上げる。

「この迷路のような細い道は、時には何百メートルも続く。慣れない旅行者が迷い込んで半泣きになっているのを何人も見たことがあるよ」

彼は言いながらも、細い路地を何度も曲がり、どんどん進んでいく。

「だけど、たまに地元の人とすれ違《ちが》うよね。ホテルまでの道を教えてもらえばいいのに」

言うと、彼は可笑《おか》しそうに笑って、

「この辺りの人々はもともと世話好きで親切だし、旅行者をとても歓迎してくれている。だが、その親切心が裏目に出て、知っていても知っていなくても、道を教えてくれる」

「知っていても……知っていなくても？」

「そう。だから人に聞くたび、さらに迷っていく。……私も昔同じ目に遭《あ》ったことがあるが」

「あなたが迷ったの？　ここで？」

俺が驚《おどろ》いたように言うと、彼は肩《かた》をすくめて、

「何度も来て道を覚えるまでは、私でなくてもみんな同じ目に遭うよ」

「ええ？　そうかな？　何とかなりそうな気もするけど……っていうか！」

俺は、彼が曲がった路地の先を覗《のぞ》いて、思わず叫ぶ。

「この路地、さっき通らなかった？　ほら、あそこにゼラニウムの鉢《はち》があって、飾《かざ》り窓がある。なんだか見たことあるみたい！　もしかしてグルグル回っていない？　引き返さなくていいの？」

俺が言うと、彼はクスリと笑って、

「ほら、もうパニックになりそうだ。それを始めると迷路に迷い込んでしまうよ」

言いながら俺の肩を抱き、路地の角を曲がる。

「……あっ！」

いきなり目の前に開けた景色に、俺は驚いてしまう。

そこは、人やロバやラクダが行き交う、賑《にぎ》やかな広場だった。

たくさんの露天商《ろてんしょう》が並ぶ向こうには、大きなモスクがそびえ立っていた。純白の尖塔《せんとう》と、陽光に煌《きら》めく金色の屋根。屋根はドングリの帽子《ぼうし》を膨《ふく》らませたような独得の形をしている。

「……うわ、綺麗《きれい》……！」

「イスラム教のモスクだ。残念ながらこのモスクには異教徒は入れないが」

「外から見るだけでもいいよ。すっごいね」

俺は巨大な礼拝堂を見上げながら言う。

「まさに『アラビアン・ナイト』の世界って感じ！　お伽噺《とぎばなし》の国に迷い込んだみたいだ！」

思わずはしゃいでしまった俺は、デジカメがリムジンの中に置いてきたスポーツバッグの中だったことに気づく。

「うわ、信じらんない！　俺、デジカメをリムジンに忘れてきた！　両親や伯父《おじ》さんたちに、この景色、絶対に見せてあげたいのに！」

「写真を撮《と》りたければ、また明日、連れてきてあげるよ」

彼が、俺の肩を抱き寄せながら言う。

彼が言った、また明日、という言葉に、俺の胸が甘く痛む。

……そうだ、これは彼とのバカンスで。だから、明日も一緒にいてよくて。

彼はできるだけ出張に行かずに俺に会うようにしてくれているみたいだけど……やっぱり彼は大企業《だいきぎょう》の社長で。

しかも俺はいちおう進学校の生徒で、部活の部長で、しかも実家にいるから彼を呼べないし。

だから、デートは、彼の社長室でほんの数時間、とか、金曜の夜に会って土曜日の昼まで、とか短い時間になりがちだ。

そんなちょっとの暇《ひま》にも俺と会おうとしてくれる彼の気持ちがめちゃくちゃ嬉《うれ》しいんだけど、なかなか会えないことを実感してしまうのも事実で。

……だけど、今日は違う。

俺は鼓動《こどう》が嬉しさに速くなるのを感じながら思う。

……帰る時間を気にせず、彼と、ずっとずっと一緒にいて、いいんだ。

俺は手を上げて、肩を抱いてくれている彼の手に、そっと手を重ねる。

「……ん？　どうした？」

彼が優《やさ》しい声で言って、俺の顔を覗き込んでくる。

「……なんだか、嬉しいなって思って」

「え？」

「……明日も、あなたといられることが」

「……コウジ……」

彼はなんだかすごく感動したような顔で言い、それから、

「ランチをすませたら、君を案内したい場所があるんだが。……疲《つか》れてはいない？」

「もちろん大丈夫！　飛行機がすごく快適で、しっかり寝《ね》たから！」

俺は言ってから、飛行機であったことを思い出して少し赤くなる。

快適なのも当たり前、彼は当然のごとくファーストクラスの二階席を貸しきりにしていた。

そして、それもまた当然のことく俺にエッチなイタズラを仕掛《しか》けてきた。俺は必死でそれに抵抗《ていこう》しているうちに疲れて眠《ねむ》り込み……そのまま熟睡《じゅくすい》してしまったんだ。

「そう。君は本気で熟睡していたよ。おかげで、飛行機の上で愛を確かめ合ってみたいという私の夢は叶《かな》わなかったが」

「……うっ……！」

真っ赤になった俺に、彼はセクシーな顔で微笑《ほほえ》みかける。

「その分は、しっかり返してもらうからね。……おいで」

言いながら俺の肩を抱き、薄暗《うすぐら》い路地に入って、そのままどんどん奥の方に俺を誘《さそ》う。

ひと気がだんだんなくなるのに気づいて、俺はますます赤くなる。

……ま、まさか、彼は、こんな明るい時間から……っ？

……でも、この人は、真っ昼間のテニスクラブでアンナコトまでする人だし……っ？

「ちょっと待って！　敬虔《けいけん》なイスラム教徒の人々が住んでる国で、しかもこんな屋外で、さすがにそういうのは……っ！」

俺が焦りながら言うと、彼は驚いたように立ち止まる。

「え？」

「あなたが節操ないのはしっかり解《わか》ってるけど、外でするのは、ちょっと……っ！」

俺の言葉に彼は目を丸くし、それからプッと噴《ふ》き出す。

「いったい何を考えているのかと思えば、私に暗がりで襲《おそ》われると思っている？」

「……はうっ！」

……うわ、俺の考えすぎか……っ！

彼は楽しそうに笑い、俺の肩をキュッと抱いてくる。

「地元の人々が行く、美味《おい》しいクスクスを出《だ》す店がある。君をそこに案内したいんだが？」

「あっ、うん、もちろんっ！」

俺は真っ赤になりながら答える。

「お、俺、お腹《なか》、空《す》いてきたな～っ！　早く行こうよっ！」

俺が照れ隠《かく》しに叫《さけ》ぶと、彼は楽しそうに笑ってくれる。

……ああ、彼といられることが……。

俺は胸を熱くしながら思う。

……俺は、こんなに幸せなんだな……。

「まだ目を開けないで」

私は目を閉じた幸次の手を引き、リムジンから降りる。

そして彼の肩を後ろから支え、景色を美しく見渡《みわた》せる場所に立たせてやる。

「いいよ。目を開けてごらん」

私の声に、幸次がゆっくりと目を開ける。

「……うわ……」

彼が、感嘆《かんたん》したような声で言う。

「……綺麗……!」

路地の奥の小さなモロッコ料理屋で、とても美味しいクスクスを食べた後。

私と幸次は市場をひやかしながらリムジンに戻《もど》り、そしてここまで一気に来た。

「……すごい景色。湖の真ん中に、あんな城塞《じょうさい》があるなんて」

幸次が景色に見とれながら言う。

ここはマラケッシュの市街から車で一時間半ほど離《はな》れた場所。

タルサザートという小さな村の近くだ。

山に囲まれた場所に、美しい紺碧《こんぺき》の水をたたえた広い湖。

そしてその湖の真ん中に小さな島があり、黒ずんだ石で造られた、カスバと呼ばれる頑強《がんきょう》な城塞がそびえている。

「あそこまで石を運ぶの、大変だっただろうね」

「あれは、湖の上の島に建てられたわけではなくて、もともとあそこにあったものなんだ」

私が言うと、幸次は不思議そうな顔で私を見上げてくる。

「へ？　どういうこと？」

「あの城塞はもともと小高い山の上に建っていた。できたのは、この湖の方が城塞よりも後だ。これは二十年ほど前に造られた、灌漑《かんがい》のための人工湖なんだよ」

「えええっ？」

幸次はとても驚《おどろ》いた声を上げ、広大な湖を見渡す。

「これが、人工のもの？　こんなに大きいのに？」

「そう。これがあるおかげで、マラケッシュ近郊《きんこう》では水不足に悩《なや》まされることがなくなった」

私は湖と、そびえ立つカスバを見渡しながら言う。

「幼かった私が初めてここに来た時、この人工湖はまだできていなかったよ」

「へえ。できる前とできた後……見比べると壮観《そうかん》だろうなあ」

「最初、この国の政府はあのカスバも灌漑のための人工湖に沈《しず》めてしまう予定だった」

「えっ？」

「あのカスバは老朽化《ろうきゅうか》が進んでいたし、その修復には莫大《ばくだい》な予算がかかると言われていた。それよりは湖に沈めてしまう方が遥かに低予算ですむからね」

「だけど、あんなに荘厳《そうごん》なのに……」

「この場所に人工湖を造るためには予想以上の資金がかかった。モロッコ政府は、基礎《きそ》工事だけですでに予算を使い果たしていた。そこで資金を提供したのが、アラブ首長国連邦《れんぽう》に住むあるオイル・ダラーの一族と、そして私がいるバスティス一族だった」

「えっ？　あなたの一族が？」

「資金を出すと決めたのは、私の祖父だ。彼はこの国の景色や建築物、そして人々をとても愛していた。そのために巨額《きょがく》の財を投じて、人々のために湖を造った。カスバを沈めないままで」

「……そう、なんだ」

幸次はなんとなく感動したような顔で、カスバを見つめる。

「お金持ちじゃないからよくわからないけど……すごく有意義なお金の使い方って感じがする」

「祖父は、お金は贅沢《ぜいたく》をするためにあるのではなく、人の役に立つことに使うためにあるのだ、といつも言っていた。私も祖父の意見に賛成だ」

「その考え方……俺はすごく好きだ」

幸次はカスバを見つめながら、静かな、しかし真摯《しんし》な声で呟《つぶや》く。

私は、幸次の肩《かた》をそっと抱き寄せる。

「君にそう言ってもらえて嬉《うれ》しいよ。……君には、私の考え方を、少しずつ知ってもらえたら、と思っている。君は、私の生涯《しょうがい》の伴侶《はんりょ》になる人だからね」

「えっ？」

幸次が、驚いたようにヒクリと肩を震《ふる》わせる。

「どうした？　ずっとあなたのものだ、と言ってくれた言葉は、嘘《うそ》だった？」

耳元で囁《ささや》いてやると、彼はカアッと身体《からだ》を熱くしてかぶりを振《ふ》る。

「そうじゃない。でも、なんだかプロポーズみたいに聞こえたから、驚いちゃって」

「プロポーズ……の、予告かな？」

囁いて耳をそっと噛《か》んでやると、彼はピクリと身体を甘く震わせる。

「本当のプロポーズは、君が二十歳《はたち》になってからと思っている。だが、その前にうんと甘やかしてあげる。君の心を蕩《とろ》けさせて、きちんとオッケーをもらうために」

私は彼の身体をしっかりと抱きしめ、その芳《かぐわ》しい髪《かみ》にそっとキスをする。

「二十歳になったらプロポーズする。……いいね？」

彼は小さく甘く喘《あえ》ぎ……それから、しっかりとうなずいてくれた。

桜岡幸次

……どうしよう。あんなことを言われちゃったから……。

俺は頬《ほお》が熱くなるのを感じながら思う。

……なんだか、見つめられるだけで身体が痺《しび》れてくる。

「そろそろホテルに戻ろうか」

人工湖の周りを見学し、近くの村を観光した後。ジャンニが、俺を見つめたままで囁く。

「……え？　あ、うん、そうだね！」

俺は、照れてしまっていることに気づかれないように、ことさら明るい声で言う。

「あなたが薦《すす》めてくれるホテルなんだから、きっとすごい場所なんだろうな！　この間のバリ島のホテルみたいに、また緊張《きんちょう》しそ……」

だけど、ふいに途中《とちゅう》で言葉が出なくなってしまう。

歩いている俺の手を、彼の手がそっと握《にぎ》ってきたからだ。

そのままキュッと握られて、心臓がトクン、と高鳴ってしまう。

「あの時……」

彼の漆黒《しっこく》の瞳《ひとみ》が、ふいに悲しげな光を帯びる。

「……君に嫌《きら》われたのだと思った私が、どんなに苦しんだかわかる？」

彼の声に、俺は胸がキュッと痛むのを感じる。

初めて彼に会い、どうしようもなく惹《ひ》かれ、その晩俺は彼に抱かれた。

それが、二人の最初の出会いだった。

だけど『自分みたいに平凡《へいぼん》なヤツに彼みたいに素敵《すてき》な人が恋《こい》なんかするわけがない、きっと遊ばれたんだ！』と勝手に思いこんだ俺は、結ばれた次の朝、『昨夜のことはただの遊びだ』なんてひどいことを言って逃《に》げてしまった。

彼がわざわざ俺の行方《ゆくえ》を捜《さが》し、日本まで追いかけてきて、嫌われるのを覚悟《かくご》で俺にアプローチしてくれなかったら……今頃《いまごろ》、彼と俺は、こんなふうに結ばれてはいなかっただろう。

「そう考えると、俺はあなたの忍耐《にんたい》と決断力に、感謝しなくちゃいけないよね」

俺が言うと、彼はクスリと笑って俺の額にキスをしてくれる。

「君がその感謝の気持ちをどう表現してくれるか……楽しみにしているよ？」

＊

リムジンは砂漠《さばく》の中の道路をマラケッシュの方向に走り……だけど市街に入る前に、横道にそれてしまった。

そこには、周囲を城壁《じょうへき》に囲まれた、不思議なオアシスがあった。

城壁には木でできた大きな門。たくさんのナツメヤシの木が中に茂《しげ》っているのが見える。

大きな門が内側から開かれ……リムジンはオアシスの中の道路にしずしずと進んだ。

ナツメヤシの群生を抜《ぬ》けると、そこにいきなり、美しい珊瑚《さんご》色の建物がそびえ立った。

車寄せには、たくさんの立派なリムジンが停められ、ここが並外れたお金持ちのための施設《しせつ》であることを示している。

俺とジャンニは、リムジンを降り、立派なエントランスの前に立つ。

エントランスの上には、アラビア風の飾《かざ》り文字の看板が掲《かか》げてあった。

「……『ジュエル・オブ・マラケッシュ』……？」

「ここが今夜泊《と》まるホテルだ。気に入った？」

「……気に入るとか、気に入らないとかのレベルじゃなくて……」

俺は、濃《こ》い緑の香《かお》りがするオアシスの風と、美しい建物に呆然《ぼうぜん》としながら言う。

「……まるでお伽噺《とぎばなし》の世界に来たみたい……」

彼はクスリと笑い、逞《たくま》しい腕《うで》で俺の肩を抱《だ》き寄せる。そして楽しそうな声で囁いてくれる。

「お伽噺の世界へようこそ、可愛《かわい》いお姫様《ひめ》」

そして。俺が度肝《どぎも》を抜かれたのは、ロビー棟《とう》だけではなくて。

「こ……この中が、一つの部屋？」

俺は、高い高い塀《へい》を見上げて思わず呆然とする。

ザラザラとした質感の漆喰《しっくい》の壁は、ロビー棟と同じ、モロッコの澄《す》み切った空によく似合う、美しい珊瑚色。

その塀は、日本の建物だったらゆうに三階建てにはなるだろうって高さ。

見渡《みわた》す限《かぎ》り続くその壁の中が、全部一つの部屋だとしたら……？

「……め……めちゃくちゃ広いよね……」

俺たちが立っているのは、アラブ風のアーチを描《えが》いた両開きの木の扉《とびら》の前。

扉の両側には、アリババでも隠《かく》れていそうなエキゾティックなデザインの壺《つぼ》がオブジェみたいに飾られていて、そこには大きなナツメヤシの木が植えられている。

「ここは、我がバスティス・グループのホテルでは一番歴史の古いホテルなんだ。歴史があるということは、設備もデザインも当時のまま。何かあればすぐにでも改装するつもりだ。……若いゲストである君の意見を聞かせてもらえないか？」

「……へ？　俺の意見？」

バスティス・ホテル・グループの所有するホテルは、世界中の大富豪《だいふごう》やＶＩＰが愛用しているような場所だ。

だから高校生の俺が想像できるのとは桁違《けたちが》いの豪華《ごうか》さを誇《ほこ》るんだろうってことは、前から薄々《うすうす》気づいてた。……しかし。

前の旅行で泊まったバリ島のコテージにも驚《おどろ》いたけれど、このホテルは……。

「……ロビーでも思ったけど……まさに、俺の想像を超《こ》えてるよ……」

「ここはまだ、門の前だよ？」

ジャンニが楽しそうに言って、アラブ風の模様が刻まれた大きな鍵《かぎ》を、鍵穴に差し込む。

彼が両手でドアを押すと、ギギイ、という重い音を立てて扉が開いた。

「……う、わ……」

俺は扉の中の様子を見て、思わず声を上げる。

ただの塀に見えたのは、実は、回廊《かいろう》の外側の壁だった。

広い広い中庭を、アラビア風の柱を持つ柱廊がぐるりと取り囲んでいる。

巨大《きょだい》なナツメヤシが何本も立つ芝生《しばふ》の中庭の真ん中には、美しい青いタイルが貼《は》られた大きなプール。ナツメヤシと空を映したそれは、まるで砂漠のオアシスを潤《うるお》す美しい泉みたいだ。

中庭の向こうに建物があり、そこにはアラビアっぽいデザインの大きなドアがいくつも並んでいる。

開かれたドアの奥には、アラブ風の絨毯《じゅうたん》の敷《し》かれた、パーティーが開けそうなほど広いダイニングやリビングが見える。

「……ええと……ホテルっていうよりも……宮殿《きゅうでん》……？」

俺の言葉に、ジャンニは平然とうなずいて、

「解《わか》ってもらえて嬉《うれ》しいよ。このホテルのデザイン・コンセプトは、『アラブの王族の宮殿』にさせたからね」

「……コンセプトとかいうよりも、このすごさだけで俺にとっては本物の宮殿って感じ……」

俺が言うと、ジャンニは俺を真《ま》っ直《す》ぐに見下ろして、

「気に入ってくれた？」

「こんなすごいホテル、気に入らない人間なんかいないよ。信じられないほど綺麗《きれい》だ」

俺は、月明かりに照らされている庭をうっとりと見渡しながら言う。

「こんなロマンティックな場所に泊まれるなんて、まるで夢みたいだよ。……あっ」

俺の身体《からだ》を、ふいにジャンニの腕が抱き寄せる。

「ホテルのオーナーとしてはとても嬉しいが、今の言葉に少し追加して欲しい言葉がある」

「え？　何？『こんなにリッチな』とか『こんなに広い』とか？　それはもちろん……」

「そうではない。『あなたと』が抜けているよ」

「へ？」

「こんなロマンティックな場所に『あなたと』泊まれるなんて、まるで夢みたいだ……そう言ってごらん？」

憮然《ぶぜん》とした顔で言われて、俺は思わず笑ってしまう。それから彼を真っ直ぐに見上げて、

「こんなロマンティックな場所にあなたと泊まれるなんて、まるで夢みたいだよ」

囁《ささや》いてあげると、彼は満足げに微笑《ほほえ》んでくれる。

「そう言ってもらえて嬉しいよ」

……こんなにハンサムで、有能な人なのに……。

俺は彼を見上げながら、思わず笑いをこらえてしまう。

……こういうとこ、なんだか中学生みたい。

……ちょっと、可愛いんだよね。

＊

メインダイニングのある棟《とう》は、カスバを思わせるようなデザインだった。

立方体に近い建物の四隅《よすみ》に四本のタワー。砂色の外壁には、カスバにあった銃眼《じゅうがん》の代わりに、繊細《せんさい》なモザイク模様が描かれている。

建物と、それを取り囲むナツメヤシの木が美しくライトアップされていて、すごく幻想的《げんそう》。

正面の階段を上り、ジャンニと俺がメインダイニングに入っていくと、白いカフタンと赤い筒形《つつがた》の帽子《ぼうし》を身につけた、恰幅《かっぷく》のいい男性が二人、小走りに駆《か》け寄ってくる。

たしか、一人はホテルに来た時に迎《むか》えてくれたゼネラル・マネージャー。もう一人は……？

「バスティス社長、ようこそいらっしゃいました！　これはメインダイニングの責任者、アミドゥと申します！」

彼は、慇懃《いんぎん》に頭を下げる男性を示して、

「ご要望がありましたら、こちらのアミドゥになんなりと……」

ゼネラル・マネージャーの言葉を、ジャンニは手を上げて止める。

「ほかのスタッフには、私がバスティス・グループの総帥《そうすい》であることは口外しないようにと言ってあったはずだが？　私はこのホテルのいつもの通りのサーヴィスが見たいだけなんだ」

ゼネラル・マネージャーは、そういえば、という顔で自分の口を押さえる。

「おお、そうでした！　私としたことが……っ」

その様子がなんだかすごくユーモラスで、俺は思わずクスリと笑ってしまう。

……なんだか、建物だけじゃなくて、スタッフもディズニー映画に出てきそう。

俺たちが案内されたのは、ダイニング棟の屋上に当たる場所だった。

土でできた床《ゆか》の上には、美しいペルシャ絨毯がたっぷりと敷き詰《つ》められている。

アラブ風の模様のあるガラスのランプが数え切れないほど置かれ、その中に蠟燭《ろうそく》が揺《ゆ》れる。

飾り模様のある手すりの向こうには、発光しているような砂漠《さばく》の景色。

それを照らしている、金色の満月。

そして、頭の上を覆《おお》い尽《つ》くす、東京では見ることのできない美しい天の川。

こんな場所ならどんなものでも美味《おい》しくなりそうだったけど……出されてきたモロッコ料理は文句ナシに美味しいモノばかりだった。

前菜には、スパイスで味付けされた十数種類の野菜や卵、レバーのパテなどが小皿に盛られた、見るだけで圧巻のモロッコ風のサラダ。

市場で食べた庶民《しょみん》的なものとはまたひと味違う、野菜とトマトのスープが添《そ》えられた上品なクスクス。

タジンと呼ばれる、レモンの風味を添えた、鳥の挽肉《ひきにく》の串焼《くしや》き。

ブリワットと呼ばれる、魚介《ぎょかい》を詰めて揚《あ》げたモロッコ風の春巻き。

そしてバラ色に仕上げられた子羊の柔《やわ》らかなロースト。

王宮にでもいるかのような美しい銀の皿が、絨毯の上に数え切れないほど並べられ、俺は思わず圧倒《あっとう》されてしまう。

だけど、スパイシーな香《かお》りの割にさっぱりした上品な味付けで、さんざん歩いてお腹《なか》の空《す》いていた俺は、夢中になって食べてしまった。

そして空になったたくさんの皿が片づけられ、俺とジャンニの前には小さな卓《たく》が置かれた。

シェフがみずから厨房《ちゅうぼう》から出てきていれてくれた、黒々としたモロッコ・コーヒー。

砂漠らしい乾《かわ》いた風の中に、芳《かんば》しい香りがふわりと漂《ただよ》っている。

「こうしている君は、この世でもっとも美しい」

愛する人の甘い声。満月の下で囁かれたら、なんだか自分が本当に美しくなってしまったような気がする。

「君は、本当には、私だけのものだ。どんな男に誘《さそ》われても、ついていったりしてはいけないよ。……わかっているね？」

真摯《しんし》な声で囁かれ、俺は思わず微笑んでしまう。

「本当に心配性《しょう》なんだから。もちろんわかってるし、それに俺みたいな平凡《へいぼん》なヤツを誘う男なんていないってば。だから用心もなにもないだろ？」

彼は、ああ、と呟《つぶや》いて手で顔を覆い、深いため息をつく。

「……まあ、そののんびりとしたところも君の大きな魅力《みりょく》なのだろうな」

彼は俺の顎《あご》を指先で持ち上げ、顔を真《ま》っ直《す》ぐに覗《のぞ》き込んでくる。

「君のすべてを愛している、幸次」

囁かれて、身体がジワリと熱くなる。

「すぐに部屋に帰り、朝まで君を抱《だ》きたい。……いい？」

俺の心臓が、イエス、というように甘く跳《は》ね上がる。

俺は月明かりに照らされた美しい彼を見上げ、そして彼の問いにゆっくりとうなずいた。

そしてその夜……俺は空が白むまで、彼に抱かれることになる。

ジャンニ・バスティス

……私の腕《うで》の中で、彼が眠《ねむ》っている。

私は、幸福感に満たされながら思う。

……しかも、こんなに安心した顔をして。

どんどん色っぽくなる彼に煽《あお》られるようにして、我を忘れて抱いてしまった。

彼は最後の一滴《いってき》まで搾《しぼ》り出すようにして何度も放ち……最後はシーツの上に崩《くず》れ落ちるようにして眠ってしまった。

美しい朝焼けの光が、ベッドルームの中に射《さ》し込んでいる。

薄布《うすぬの》を通して見える、中庭のプール。

朝の涼風《りょうふう》に微《かす》かに揺れる水面が、数百のトパーズをちりばめたように美しく煌《きら》めいている。

……彼が、この腕の中にいるだけで……。

私は、彼の髪《かみ》に顔を埋《うず》めながら思う。

……世界は、なんて美しいんだろう?

ピルルルル！

いきなり鳴った電話に、私はギクリと身を震《ふる》わせる。

外してあった腕時計《うでどけい》に目をやると、時間はまだ六時前。

……時差を忘れた本社の人間からだろうか？　休暇中《きゅうか》はそうとうの急用でないかぎり誰《だれ》も連《れん》絡《らく》をするな、と言ったはずなのに。

「……う……ううん……」

腕の中の幸次が、うるさそうに眉《まゆ》を顰《ひそ》め、向こう側に寝返《ねがえ》りを打ってしまう。

……幸次が、起きてしまうじゃないか！

私は怒《いか》りを覚えながら手を伸《の》ばし、枕元《まくらもと》にあった受話器を取る。

「……はい……」

『バスティス社長ですか？　おはようございます！』

聞こえてきたのは、このホテルのゼネラル・マネージャーの声だった。

「……どうした？　何かあったのか？」

幸次を起こさないように私が声をひそめて言うと、彼も声をひそめて、

『あの……ロビーにお客様がいらしているのですが……』

「……私は誰とも会う約束はしていない。人違いじゃないのか？」

『いえ、それが、その……』

ゼネラル・マネージャーは、怯《おび》えるように声を震わせる。

『ザイーディ一族の方々がいらして、あなたがこのホテルにご宿泊《しゅくはく》だろう、と』

彼の言葉に、私は思わず眉を顰める。

ザイーディというのは、幸次と見に行ったあの人工湖を、バスティス家とともに造り上げた、アラブ首長国連邦《れんぽう》の一国、ドゥバイに本拠地《ほんきょち》を持つオイル・ダラーの一族。古くからの王族の血を引いているために、アラブ圏《けん》では崇《あが》め、尊敬され、同時にとても恐《おそ》れられている存在だ。

祖父の時代からつながりがあることと、一族の御曹司《おんぞうし》がたまたま私と同じスイスの学校に通っていたこともあり、とりあえず付き合いはあるのだが……まだまだ排他的《はいた》な彼らは、本当ならヨーロッパの血を引く私のような人間が気安く会えるような存在ではない。そして……。

私の脳裏《のうり》に、今進んでいる、一つのプロジェクトのことがよぎる。それは、ドゥバイに二つ目のホテルを建てるという計画で、グループの明暗を分けると言われている大プロジェクト。

……もしもザイーディ一族の不興を買えば、たくさんの社員が力を尽くしている、あのプロジェクトによくない影響《えいきょう》が出るに違いない。

私は幸次の安らかな顔を見下ろし、愛《いと》おしさに胸が痛むのを感じる。

……彼と一緒《いっしょ》にいたい。だが、もしもここで仕事をおざなりにすれば、ずっと後悔《こうかい》が残る。

……そんな自分では、こんなに純粋《じゅんすい》な彼と並んで歩く資格はない。

私は心を決め、彼を起こさないように、そっとベッドから下りた。

桜岡幸次

「……あ……」

ベッドを照らし出す眩《まばゆ》い朝の光に、俺は目を覚ます。

「……ううん……んんっ……」

俺は手で顔を覆《おお》って身じろぎをし……身体《からだ》を走った甘い余韻《よいん》に、思わず声を上げてしまう。

彼の指先と唇《くちびる》でさんざん愛撫《あいぶ》され、敏感《びんかん》になったままの乳首《ちくび》が、シーツに擦《す》れただけで甘い快感を呼んじゃったんだ。

「……うう……っ」

恥《は》ずかしくて泣きそうになりながら、自分で自分を抱きしめる。

数え切れないほどイかされ、それでも許されずにまた抱かれ……結局、彼は空が白むまで俺を解放してくれなかった。

……たしかに、昨夜は俺も雰囲気《ふんいき》に酔《よ》ってた。

俺は、真っ赤になりながら思う。

……だけど、モノには限度ってものがあるだろうっ！

身体はまだ痺《しび》れてるようだし、腰《こし》には力が入らないし、彼を受け入れていた蕾《つぼみ》は……。

彼の形を覚え込んでしまった俺の蕾が、昨夜の快感を思い出して、ツキン、と甘く疼《うず》いた。

最後にはもう何も出なくなるまで搾り取られ、もうぐったりしているはずの、俺の屹立《きつりつ》が、まだヒクリと反応してしまう。

……ああ、俺の身体、めちゃくちゃにいやらしくなっちゃった。

俺は薄目を開き、ベッドサイドの窓の向こうを見つめる。

コバルトブルーの水をたたえたプール。美しいモザイク模様のタイルが貼《は》られたプールサイド。コーラルピンクの高い塀《へい》の向こうから頭を出しているナツメヤシ。そして、紺色《こんいろ》に近いような澄《す》み切った青空。

見つめていると、まるで一枚のエキゾティックな絵みたいに美しくて……まるでまだお伽《とぎ》噺《ばなし》の世界にいるみたいな気分になってくる。

まるでお伽噺の王子様みたいに美しい彼に抱かれ、「愛している」と甘く囁《ささや》かれ、「私だけのものだ」と囁かれて獰猛《どうもう》に貫《つらぬ》かれ……。

俺は、トクン、と高鳴った心臓の音に耐《た》えかねて、また自分の身体を抱きしめる。

……認めたくないけど……激しく抱かれながら、俺は、本当に幸せだった。

俺は一人で赤くなりながら思う。

……なんだかものすごく悔《くや》しいけど……俺、あなたに夢中みたいだ……。

俺は思いながら、安らかに眠っているであろう彼の方に向かって寝返りを打ち……。

「……あれ……？」

そこにいるはずの彼は……。

「……いない」

枕《まくら》はへこみ、シーツには皺《しわ》が寄っていて、彼がいた形跡《けいせき》だけはある。だけど……？

「……もう起きてるのかな？」

俺は言いながら、ベッドサイドの時計を見る。

「うわ、もう十二時か。もしかして、お腹《なか》を空《す》かしてダイニングで待ってるかも？」

俺は服を探して辺りを見回し……だけど衣類がどこにもないことに気づいて、また赤くなる。

……服を脱《ぬ》がされたのは、プールサイドだった。

俺は身体にかかっているシーツを毛布の下から引き出し、裸《はだか》の上に巻き付ける。

裸足《はだし》のままでベッドを下り、冷たい石の床《ゆか》の上を歩き始める。

中庭に面した長い廊下《ろうか》に出ると、乾《かわ》いた熱い風が、頰《ほお》をふわりとなぶる。

「今日も暑いな。だけどしょうがないよな、アフリカ大陸だもんね」

風の中にはよく茂《しげ》ったグリーンや、咲《さ》き誇《ほこ》る花の香《かお》り、それにどこからかただよってくるスパイシーなお香《こう》の香りが混ざっていて……いかにも異国情緒《じょうちょ》をかき立てられる。

俺は、今日の午後、一緒にスークに行こうと約束していたことを思い出す。

……ハンサムな彼と歩くと、どこにいても人の注目を浴びちゃって大変なんだけど……でも、彼と一緒にいるのはやっぱりすごく嬉《うれ》しいんだ。

……こんなにウキウキしてるなんて、なんだか子供みたいで恥ずかしいけど。

「ジャンニ？」

俺は言いながら、ダイニングへ続く重い木の扉《とびら》を押し開ける。

お腹を空かせた彼がそこにいることを期待したけど……そこはシンと静まり返って、誰もいなかった。

「……あれ？　リビングでくつろいでるのかな？」

俺は首を傾《かし》げながらまた廊下を歩く。

「……ジャンニ？」

廊下の途中《とちゅう》にあるバスルームへのドアは開いたままになっていて、中を覗《のぞ》いてみたけれど、そこには人の気配がなかった。

「……ジャンニ？　どこにいるの、ジャンニ？」

優秀《ゆうしゅう》なビジネスマンでもある彼は、朝の新聞チェックを欠かさない。

彼がソファで新聞を読んでいるところを期待しながら、片手でシーツを押さえ、片手でリビングへの扉を押し開ける。

そして……。

「おはよう、ジャンニ。ベッドにいないから、ちょっと驚《おどろ》い……」

「おはようございます、幸次さん」

聞き覚えのある声に俺は顔を上げ……。

「うわっ！」

あまりの驚きに、思わずシーツを落としてしまいそうになる。

「わっ、わっ！」

慌《あわ》ててシーツを押さえる俺を、そこに座っていた人物は冷静な顔で見上げている。

ジャンニとは比べモノにならないほど華奢《きゃしゃ》な身体つき、お人形みたいに整った綺麗《きれい》な顔、そしてそれを隠《かく》すかのような冷徹《れいてつ》なイメージの縁《ふち》無し眼鏡《めがね》。

「こ……小林さん？　どうしてこんなところに……？」

俺は、あまりにも意外な人の出現に、呆然《ぼうぜん》とする。彼は、うなずいて立ち上がる。

「バスティス社長から命じられて、あなたが起床《きしょう》なさるのをお待ちしていました」

「ええと……」

俺は混乱してしまいながら、ほかに誰《だれ》もいないリビングを見渡《みわた》す。

「……ジャンニは、どこ？　これからスークに出かける約束をしてるんだけど……」

「そのことですが」

彼はその琥珀《こはく》色の瞳《ひとみ》で俺を真っ直ぐに見下ろして、ホテルのマークの入った封筒《ふうとう》を差し出す。

「社長から、お手紙をお預かりしています」

俺は呆然としながら、彼の手からその封筒を受け取る。

中には、やっぱり、ホテルのマークの入った便せん。そこには、万年筆で書かれた、見覚えのある彼の美しい筆記体。

『急な打ち合わせが入ったので、でかけなくてはいけない。約束をキャンセルしてしまってすまない。夕食には戻《もど》る』

そのメッセージを読んで、俺は本気で驚いてしまう。

……そんな……！

そして手紙にはさらに続きがあって。

『危ないので一人で出かけてはいけない。そのくらい満足していれば言うことがきけるだろう？　ジャンニ』

「な、なんだよ、これっ！」

……じゃあ、それが目的で朝までエッチしたってこと？

昨夜のロマンティックな雰囲気を思い出して、俺は一人で真っ赤になる。

……あんなに甘い気持ちになった俺が、バカみたいじゃないか！

……っていうか、俺を連れてきたのは、仕事の打ち合わせの気晴らしにエッチするためか？

俺は怒《いか》りのあまり拳《こぶし》を握《にぎ》りしめ……それから、小林さんが、どうしてここにいるのかの理由を、やっと悟《さと》る。

……きっと、最初から、仕事絡《がら》みだったんだ、この旅行自体が！

……二人だけのバカンスだなんて大嘘《おおうそ》で、本当は、仕事の出張だったんだ！

「信じられないっ！　あの男ーっ！」

便せんを握りつぶし、俺は思いっきり叫《さけ》ぶ。冷静な顔のままの小林さんが、

「社長から、今日一日、あなたと一緒《いっしょ》に過ごすようにと命じられております」

「えっ？」

「社長の代わりに、私がスークにご案内します。写真をお撮《と》りになりたいのですよね？」

「……うう……っ」

俺は彼からの手紙を握りしめたまま、思わず呻《うめ》く。

……俺は別に、観光がしたかったから怒ってるんじゃないぞっ！

俺は、どこかで仕事をしているジャンニに向かって、心の中で叫ぶ。

……あなたと一緒にいたかっただけなのにっ！

……なんでわかんないんだよっ！　このドンカン男ーっ！

俺は、いつもながらクールな無表情を保ち続ける小林さんを見ながら思う。

……伝言を頼《たの》まれただけの彼に、罪は全然ない。

……だけど、このまま一日一緒にいたら、絶対彼に八つ当たりしちゃいそう。

「あの……小林さんもお仕事で忙《いそが》しいですよね？　俺、一人で適当に遊べますから……」

「いいえ」

小林さんの声が俺の言葉を遮《さえぎ》る。彼は縁無し眼鏡の向こうの綺麗な目をキラリと光らせて、

「お一人にしないようにというのは社長命令です。秘書の私には社長命令は絶対です」

「……う……っ」

ビシリと言い放たれた彼の言葉に、俺はもう反論できなくなる。

……それって、俺の意思なんか無視ってことか……。

思ったら、ジャンニへの怒りが心の中にむくむくとわき上がってくる。

……まったく、そんな命令を秘書にするなんて、職権乱用もはなはだしいじゃないか！

……それに、俺の人権ってやつはどうなるんだよっ！

「ええと……」

俺はため息をつきながら、方策を考える。

「そしたら、ベッドルームで着替《きが》えてくるから、ここで待っててくれる？」

「承知いたしました」

俺は小林さんを置いたままでベッドルームに戻り、ライティングデスクの引き出しから、ホテルの名前入りのペンと、ジャンニが置き手紙に使っていたのと同じレターセットを取り出す。

「俺が寝《ね》てる間に、手紙一つ置いただけでさっさと逃《に》げたんだから……」

俺は便せんにペンを走らせながら呟《つぶや》く。

「俺だっておんなじことをしてやるからなっ！」

書き終えた手紙をライティングデスクの上に置き、身体《からだ》にまとっていたシーツを床《ゆか》に落とす。

クローゼットの中のスポーツバッグから着替えを出し、急いでそれを身につける。

財布《さいふ》とデジカメだけ持ってベッドルームのフランス窓を開け、そこから中庭に出る。

広い中庭の向こう、リビングのソファに、小林さんが背筋を伸《の》ばして座っているのが見えた。

「……ごめんなさい、小林さん！　あなたはなんにも悪くないんだけど……！」

俺は大きなナツメヤシの蔭《かげ》から、彼に向かって両手を合わせる。

「……ジャンニみたいな強引《ごういん》男の秘書になったことを、不幸と思ってね！」

彼に向かって呟いて、それから全速で中庭を駆《か》け抜《ぬ》ける。

そしてそのまま、俺はホテルを飛び出したんだ。

ジャンニ・バスティス

……ああ、なんてことだ……。

私は、相手に気づかれないように、深くため息をつく。

……こんな宴会《えんかい》に出席させられるために、幸次との大切な時間を無駄《むだ》にしたなんて。

私がいるのは、『ジュエル・オブ・マラケッシュ』から五キロほど離《はな》れた砂漠《さばく》の中のホテル。『ジェイクザイード・ホテル・グループ』が経営する『ローズ・ドゥ・モロッコ』の宴会場。

宴会場と言っても、テーブルがあるわけではない。アラベスク模様の描《えが》かれたタイルが貼《は》られた床の上に、高価なペルシャ織りの絨毯《じゅうたん》を敷《し》き詰《つ》めた、アラブ式の宴会の席。

ペルシャ絨毯の上にはたくさんのクッションが置かれ、前には一人用の低いテーブル。その上には置ききれないほどのたくさんのモロッコ料理が並んでいる。

……ランチから、よくこんなスパイシーなものばかりを口にできるな。

私は、あきれながら思う。

……幸次が目覚めたらホテルで軽い朝食を取り、二人でスークに行く予定だったのに。

部屋の隅《すみ》ではベルベル人の演奏家がテンポの速い曲を奏《かな》で、それに合わせて挑発《ちょうはつ》的な衣装《いしょう》を着た厚化粧《あつげしょう》の女性ダンサーがベリーダンスを踊《おど》っている。

……遠くから来た仕事相手へのサーヴィスのつもりかもしれないが……。

私は、しきりに意味ありげな目配せを送ってくるダンサーから、視線をそらしながら思う。

……もともと女性になど興味はないし、清楚《せいそ》で純情で美しい幸次を恋人《こいびと》にできてからは、たとえ相手がどんな美青年でも、少しも興味など湧《わ》かない。

……それよりも……。

私は広い宴会場にズラリと並んだ人々を見渡《みわた》しながら思う。

……こんな宴会になど出ていずに、一刻も早くホテルに戻って幸次に会いたいのだが。

「バスティスくん、飲みたまえ。遠慮《えんりょ》なんかしてはいけないぞ」

私のグラスに注《つ》がれるのは、舌を焼くようなアルコール度数の高い地酒。宗教上の理由で酒を飲まない彼らが選ぶ酒は、いつでもこんなふうに強くてそして不味《まず》い。

「ありがとうございます。とても美味《おい》しいです」

私は酒を飲み干して言うが、これは軽い社交辞令というよりは命と仕事を守るための言葉だ。

酒を注いでくれたのは、この『ジェイクザイード・ホテル・グループ』の総帥《そうすい》、ムハンマド・アル・ザイーディ。典型的なオイル・ダラーで、王族の血も引いているとんでもない大富豪《だいふごう》だ。もうすぐ一人息子に総帥の座を明け渡し、悠々《ゆうゆう》自適に暮らす予定らしい。

王族の血を引くザイーディ一族が絶大な権力を持つこの一帯では、彼らに逆らえば、もしくは何かの失敗を犯《おか》して怒《おこ》らせれば、仕事をすることは不可能になる。

それどころか、一族を侮辱《ぶじょく》したから、という理由で命を奪《うば》われることすらあり得る。

いくら凶暴《きょうぼう》な一族が相手といえ、彼らに媚《こ》びるつもりなどさらさらないのだが……アラビア半島から北アフリカにも、私のホテルはいくつか点在している。そのことを考えれば、意味のない争いは起こさないに越《こ》したことはないのだ。

今朝、幸次が寝ている間に、ザイーディ一族の人間たちが私を直々に迎えに来てしまった。

『ザイーディ一族の総帥が、緊急《きんきゅう》の会議を開きたいと申しております』と言って。

アラビア半島にもう一軒《けん》、新しいホテルを建設する予定があり、私はてっきりそのことに関する会議だと思って取るものもとりあえずここに駆けつけたのだが……。

……しかし。緊急の会議というのが、こんなくだらない宴会だとは……。

私は、またグラスに注がれる酒を見ながら、内心で深いため息をつく。

……ああ、こんなことなら居留守を使っておくんだった。

居留守を使ったことが何かの拍子《ひょうし》に彼らに知れたら、大変なことになるのは目に見えていたので……どちらにしろ、完全に無視することなどできなかっただろうが。

私は、小林と二人で観光をしているであろう幸次に、心の中で謝罪する。

……夜には必ずこの償《つぐな》いをするから、許してくれ、幸次。

桜岡幸次

「……迷わないようにしなくちゃ……！」

俺は、ホテルの前でタクシーを拾い、昨日来たのと同じスークに来ていた。

ジャンニが、一人で行ったら絶対に迷う、と言っていたとおり、ここは迷路《めいろ》を通り越してまるで蜘蛛《くも》の巣だ。

両側を壁《かべ》に囲まれているから空を見上げて目印を探すこともできないし、通路が真っ直《ます》ぐじゃないうえに似たような店が延々と並んでいるからすぐに方向が解《わか》らなくなってしまった。

……だけど、時間はたっぷりあるし！

俺はジャンニに置いて行かれた悔《くや》しさを紛《まぎ》らわすために、半分ヤケクソで思う。

……一人でだって、心ゆくまでスークを満喫《まんきつ》できるんだからな！

……俺だって、もう子供じゃないんだからな！

砂漠らしい乾《かわ》いた空気の中には、熟《う》れた果物《くだもの》と、強い香辛料《こうしんりょう》、それにエキゾティックなお香《こう》の香《かお》りが入り混じっていて、いかにも異国に来てしまった、って感じがする。

スークに並ぶ店は、たいていが六畳《じょう》くらいの広さで、壁一面、それに天井《てんじょう》からも商品をどっさりと吊《つる》している。

甘い香りを漂《ただよ》わせているのは、プラムやイチジクなどの干し果物を売る店。

くしゃみがでそうなほど強烈《きょうれつ》な香りのする、スパイス屋さん。

カフタンと呼ばれるお祭り用の豪華《ごうか》な衣装を、どっさり吊した洋服屋さん。

バブーシュと呼ばれる、派手《はで》な色合いの、踵《かかと》を内側に折った靴《くつ》をびっしり並べた靴屋さん。

高い天井ときちんとしたショーケースを持っている立派な店は、ペルシャ絨毯を売る店か、でなければ金細工をどっさり並べたジュエリーショップだ。

混み合った狭《せま》いトンネルのような通路に、ラジオから流れるエキゾティックな音階の音楽と、店主たちの叫《さけ》ぶ歌うような客引きの声が反響《はんきょう》している。

……やっぱり、この国って、すごく面白《おもしろ》い。

エキゾティックなスークの風景は、想像以上に美しくて、俺はワクワクしながら、デジカメのシャッターを切る。

「たくさん写真を撮《と》っていって、父さんや母さんに見せてあげなきゃな！」

俺は絨毯を売る店の様子や、並んでいる色とりどりの果物たちを次々にカメラに収めていく。

そして、次の路地に移動しようとして……知らない男たち四人に、前後左右を取り囲まれていることに気づいた。

質素な格好をした彼らは、なんだかすごく怒《おこ》ったように俺に向かって何かをまくしたてる。

「なんだろう、俺、なんだかやばいモノを撮っちゃったとか？……ええと、誰《だれ》か、英語のできる人、いませんか？」

俺は慌《あわ》てて辺りを見回しながら言うけれど、市場を行く人たちは、そそくさと足早に歩き抜《ぬ》けて行くばかりで、通訳をしてくれそうな人はどこにもいない。

……うわ、どうしよう？

……もしかして、写真を撮ったからってお金を要求してるのかな？

俺はポケットから（ほとんど中身の入ってない）財布《さいふ》を出してそれを見せてみるけど……彼らは首を横に振《ふ》るばかりで、お金には興味がないみたいだ。

「……ええ？　じゃあ、いったい何を要求してるんだよ……？」

途方《とほう》に暮れて呟《つぶや》く俺の肩《かた》に、男の一人の手がかかる。

「……え？」

見上げると、その男はなんだか妙《みょう》にいやらしい笑《え》みを浮《う》かべて、おぼつかない発音の英語で、

「可愛《かわい》イネェ、キミ」

「はい？」

「今カラ、ドウ？」

俺の脳裏《のうり》を、バリ島で起きたことがよぎる。

バリ島でも、プールサイドで、こんなふうないやらしい目をした男に声をかけられ、あの時には尻《しり》まで触《さわ》られた。

そして逃《に》げようとして足を滑《すべ》らせて、そのままプールに落ちたりしたんだけど……？

「ど、どうって……どういうこと……？」

思わず聞いてしまった俺の尻を、後ろにいた誰かがいやらしい手つきで撫《な》でた。

「うわあっ！」

背筋に寒いモノが走り、俺は思わず声を上げてしまう。

「ど、どこ触ってるんだよっ！　俺、男だぞっ！」

英語を話した男は、可笑《おか》しそうな顔でうなずいてから、

「ワカッテルヨ。私タチモ、男ノ方ガスキ」

男が言って、俺の腰《こし》に手を回してくる。

「私たち『も』ってなんだよっ？　俺は別に……っ」

「君ガ『ゲイ』ダトイウコト、スグワカッタ。目ガ色ッポク、男ヲ誘《さそ》ッテル」

「誘ってないっ！　放《はな》せよっ！」

「乱暴ニハ、シナイカラ。言ウコト、キキナサイ」

「そ、そんな無茶なっ！」

思わず後ずさった俺の身体《からだ》を、後ろにいた男がつかまえる。

「……あっ！」

男たちは俺を取り囲むようにして、そのまま建物の暗がりに引きずり込もうとする。

「待って！　俺、行きたくないってば！」

バリ島では、ジャンニが来て、俺を助けてくれた。

……だけど、今は、ジャンニはいなくて……？

そう思ったら、なんだかすごく怖《こわ》くなってしまう。

「離せってば！　ジャンニ！　助けて！」

思わず彼の名前を呼んでしまった俺は、なんだか悲しくなる。

……ああ、どうしてこんな肝心《かんじん》なときに、仕事なんかに行っちゃってるんだよっ？

「ジャンニ！　助けて、ジャンニ！」

俺は必死で叫ぶけど、叫びはスークの喧噪《けんそう》にかき消されてしまう。

ただでさえごつい男たちに、集団で囲まれて、俺は抵抗《ていこう》らしい抵抗もできずに、そのまま建物の中に引きずり込まれそうになり……。

「待て！」

スークの喧噪の中、ひときわよく通る、凛々《りり》しい男の声が響《ひび》いた。

そして俺を後ろから抱《だ》きしめている男の肩が、誰かに摑《つか》まれる。

男たちは驚《おどろ》いたように振り向き、一瞬《いっしゅん》、そこにいる人間を見つめて動きを止める。

さっきと同じ男の声が、今度は土地の言葉で何かを言う。

まるで呪文《じゅもん》みたいに聞こえるその言葉の意味は全然理解できなかったけど……彼の声がなんだかすごく怒っているのだけは解った。

俺を囲んでいた男たちは、俺の身体を放し、その男の方を向き直る。

俺はそこで初めて、その男の方を向くことができ……。

「……う……」

彼を見た俺は、思わず息をのんでしまう。

……なんか、ものすごい美形……。

そこに立っていたのは、背の高い、まるでパリコレのキャットウォークを歩いていそうなものすごい美貌《びぼう》の男だった。

逞《たくま》しい身体を包むのは、スークの砂色の景色に似つかわしくない、ダークスーツ。

砂交じりの風になびく、艶《つや》のある黒い髪《かみ》。

滑《なめ》らかな、褐色《かっしょく》の肌《はだ》。

高貴な感じの鼻筋。

男っぽい、どこか獰猛《どうもう》そうな唇《くちびる》。

そして凜々しい眉《まゆ》の下の、奥二重《おくぶたえ》の目。

鋭《するど》い光を浮かべた、漆黒《しっこく》の瞳《ひとみ》。

俺は、今の状況《じょうきょう》も忘れて思わず彼に見とれてしまう。

……ジャンニと張れるくらいの、ものすごいハンサム……。

……獰猛な感じの雰囲気《ふんいき》も、なんだか似てる……。

「おいで」

その男が言って、俺を真《ま》っ直《す》ぐに見つめる。そして俺に向かって手を差し出す。

俺はハッと我に返り、取り囲んでいる男たちの間を擦《す》り抜けて、彼のところに走る。

彼は俺を背中にかばい、アラビア語っぽい響きの言葉で、男たちに向かって何かを言う。

……背が高くて、肩が逞しい。ジャンニと、体形も似てるかも？

背中にかばわれた俺は、思わず考えてしまい……それから、それどころじゃないと気づく。

……何、のんきにジャンニのことなんか思い出してるんだよ？

……この険悪な雰囲気は、それどころじゃなくて……！

「何か、乱暴なことをされたか？」

俺をかばった男が、低い声で俺に言う。俺は慌てて言う。

「だ、大丈夫《だいじょうぶ》です。ちょっとお尻を触られたけど……」

「……触られた……？」

男の声がますます低くなり、かばわれているはずの俺までもすくんでしまいそうになる。

「す、すみません。俺は男だし、お尻を触られたくらいでガタガタ言うのは変で……」

「こんなに美しい姫君《ひめぎみ》の身体に、無遠慮《ぶえんりよ》に触《ふ》れるとは……」

男の声が、まるで狼《おおかみ》の唸《うな》りのようになる。

「……絶対に許さん……」

彼は呟き、次の瞬間に、まるで獲物《えもの》に襲《おそ》いかかる獣《けもの》のような的確さで動いた。

まるで舞《ま》うような優雅《ゆうが》な動きで拳《こぶし》と蹴《け》りを繰《く》り出し、あっというまに四人の男をホコリっぽい道に沈《しず》めてしまう。

……す……すごい……。

俺は何が起こったのかまだ解らないまま、倒《たお》れ込んだ男たちと、そして堂々と立っている逞しい男を見比べる。

彼は悠々《ゆうゆう》とした動作で手のひらをパンパンと叩《はた》き、そしてゆっくりと俺を振り返る。

……ジャンニが、熱帯のジャングルに住む黒豹《くろひょう》だとすると……。

俺は、褐色の肌をした、彼の美しい顔を見上げながら思う。

……彼は、砂の大地に住むライオンみたい……。

彼は呆然《ぼうぜん》としている俺にゆっくりと歩み寄り、それからいきなり俺の手を持ち上げる。

「もう安心だよ、姫君」

「……へっ？」

彼は、まるで中世の騎士《きし》みたいに、唇を俺の手の甲《こう》に軽く触れさせる。

「俺の名前は、アシュラフ・アル・ザイーディ。君の名前は？」

唇を触れさせたまま、漆黒の瞳で見つめられ、なぜか心臓がドキリと高鳴ってしまう。

……いくら相手がジャンニ並の美形だからって……。

俺は焦《あせ》ってしまいながら、思う。

……なんでドキドキしちゃってるんだ、俺……？

「……え？　いや、あの……俺は男だし、だからお姫様とかじゃなくて……」

「いや。俺には一目でわかった」

アシュラフと名乗った男は、俺の言葉を遮《さえぎ》ってかぶりを振《ふ》る。

「君は、王のように強い男の姫君になるべくして生まれた人だ」

王のように強い男、という言葉に、俺の心臓がトクンと反応する。

……たしかに、ジャンニは、世界でも有数の大富豪《だいふごう》だし、経済界でも絶大な権力を持っている。そのうえまるで美しい王様みたいに、圧倒《あっとう》的なオーラを放っているし……？

ジャンニのことを思い出した俺の心が、ズキリと痛む。

……だけど、彼の運命の人は、俺なんかじゃないかもしれないし……？

そう思ったら、ふいにある疑惑《ぎわく》がわき上がってくる。

……ジャンニは、本当に仕事に行ったんだろうか？

思ったら、足下《あしもと》からふいに血の気が引く気がする。

……そういえば、彼が仕事の時には、秘書の小林さんが必ずついて行く。

……どうして今日に限って、小林さんをホテルに置いていったんだろう？

……俺の面倒《めんどう》を見させるなんて言うのはただの口実で、もしかしたら、誰《だれ》かとデートをするのに邪魔《じゃま》だったとか……？

ふいに、ジャンニがどこかの美青年と歩いているところが脳裏《のうり》をよぎってしまう。

彼は、自分の傘下《さんか》にあるホテルの質を落とさないために、定期的な視察を欠かさない。モロッコには、あの『ジュエル・オブ・マラケッシュ』があるから今までも何度も来ていたはずで。その時に、土地の美青年と知り合ってもおかしくなくて……？

……本当は、俺とのバカンスなんかじゃなく、仕事でもなく……別の男の子とのデートのためにモロッコまで来たんじゃ……？

「……俺……」

なんだか急に落ち込んでしまった俺の顔を、彼の野性的な美貌が覗《のぞ》き込んでくる。

「もしかして、恋《こい》に悩《なや》んでいるのか？」

「えっ？」

「だから、こんなに無防備に、こんな場所を一人でさまよったりしていた？」

「……あ……っ」

「本当に可愛《かわい》らしい姫君だ。こんな人を放っておける男がいるなんて、とても信じられない」

図星を指されて思わずうろたえる俺の髪に、彼の美しい手がそっと触れてくる。

「まるで絹糸のようだな。艶があって、柔《やわ》らかくて」

低くひそめられた声と、髪をゆっくりと梳《す》くその指。

……ああ、今、触れてくれているこの手が、ジャンニのものだったら……。

俺は思わず陶然《とうぜん》としてしまいながら思う。

「恋人のことを思っているね？　本当はいつでもこうして撫《な》でられたいんだろう？」

「……え……っ？」

「だけど意地が邪魔をして素直にそう言えない。違《ちが》う？」

「……う……どうして、それ……っ？」

俺が言うと、彼はなんだか妙《みょう》に優《やさ》しい顔で微笑《ほほえ》む。

「本当に可愛い。このまま別れるのは惜《お》しい。……、今日一日でいい。君をエスコートさせてくれないか？」

「え？」

「もしもこの後、約束があるのなら、無理にとは言わないが」

「……あ……」

俺は、ジャンニが残していったメッセージを思い出して、悲しい気持ちになる。

「約束なんかないです。彼は、どうせ夕食の時間まで、帰ってこないし」

部屋に置いてきてしまった小林さんのことばが頭をよぎる。

……いつでもクールで冷静な彼は、俺が逃《に》げたことに気づいても、たいして動揺《どうよう》しなさそう。

……仕方のないお坊《ぼっ》ちゃんだ、なんてため息でもついて、さっさと仕事に戻《もど》っていきそうだ。

……なんか俺、妙に孤独《こどく》かも……。

「それなら……」

彼がにっこり笑って俺に手を差し出す。

「……俺の手を取って」

「……あ……」

俺の脳裏を、ジャンニの顔がよぎった。

彼はいつでも、『ほかの男についていってはいけないよ』と俺に言う。

……もしも俺が会ったばかりの彼の手を取り、一緒《いっしょ》に時間を過ごしてしまったら……？

俺は彼の美しい手のひらを見つめたままで思う。

……それを知ったら、ジャンニは怒《おこ》るだろうか……？

彼が身を屈《かが》め、思わずすくんでしまっている俺の手を、いきなり持ち上げた。

「……あっ」

そのままキュッと手を握《にぎ》られて、俺は驚《おどろ》いて彼を見上げる。

彼はその野性的な美貌《びぼう》に、まるでライオンみたいに鷹揚《おうよう》な笑《え》みを浮《う》かべて、

「そんなに深く考えない。俺は、今からベッドインしようと誘《さそ》ったわけではないよ？」

「……うっ」

その言葉に、俺は思わず真っ赤になってしまう。

「……す、すみません。そんなことまで考えてたわけじゃないんですけど……」

……ただ観光に誘ってもらっただけなのに深刻に考え込んだりして、俺、自意識過剰《かじょう》？

「まあ、君のような可愛い人が相手なら、本当はそう誘いたいところだが」

「……は？」

「いや、あまり言うとまた警戒《けいかい》されてしまいそうだ」

彼は白い歯を見せて笑い、それから俺の肩《かた》を親しげに抱《だ》いて歩き出す。

「おいで。夕食までに帰らなくてはならないのなら、あまり時間がない」

俺を見下ろして、なんだかお茶目な感じに片目を閉じてみせる。

「夕食までに、君の相手よりも俺の方がずっと魅力《みりょく》的だということを、しっかりとアピールしなくてはならない」

俺は目を見開き……それから思わずプッと噴《ふ》きだしてしまう。

「どうして笑うんだ？　とりあえず真面目《まじめ》に言ったつもりなのだが？」

慌《あわ》てたように言うところが、なんだかますます……。

「あはは、す、すみません」

……こんなにハンサムで、大人っぽい男の人を相手に、こんなことを思っちゃイケナイかもしれないけど……。

「俺の英語はおかしいかな？……いつもそうなんだ。好みの美青年を見つけて口説いても、なかなか本気にしてもらえない」

俺は、ちょっと拗《す》ねた顔になった彼を見て、ますます笑ってしまう。

……なんとなく、可愛いよね、この人。

「笑ったりしてすみません。あなたの英語がおかしいのではなく、その……とてもハンサムなのにすごく親しみやすいから、なんとなく嬉《うれ》しくなってしまったんです。あ、これは褒《ほ》め言葉ですからそう取ってくださいね」

「……親しみやすい……ううん、それは本当に褒め言葉なのだろうか……」

彼は首をひねり、それから、気分を変えるように、まあいいか、と大声で言う。

「よし！　沈《しず》みがちな姫君《ひめぎみ》の気持ちを盛り上げるためにも、楽しい場所にたくさん案内してあげなくては！」

「え？」

「まずはスークの奥を案内してあげよう！　地元の人間がよく行く、ミントティーが美味《おい》しいカフェがある。お茶をごちそうさせてくれないか？」

彼は言って、大きな手で俺の肩をギュウギュウ抱いてくる。

……なんだか、本当に憎《にく》めない人だなぁ。

俺は微笑ましく思いながら、彼に連れられてスークの狭《せま》い路地を歩く。

「何か買いたい物はないか？　俺が交渉《こうしょう》して、ものすごく安くさせてやる！」

「え？　本当ですか？……ええと、おみやげが買いたいです。両親と親戚《しんせき》と、それから……」

俺は、おみやげをあげたい人の顔を思い浮かべる。

……そうだ。お世話になってる爽二くんと、花房教頭にも何か買ってあげたいし……。

……それに……。

俺はちょっとムッとしながら、ジャンニと小林さんの顔を思い浮かべる。

……二人に迷惑《めいわく》をかけたのは本当だし……ちょっとしたおみやげを買っておわびをしたほうがいいよね？

「みやげ？　それなら、ペルシャ絨毯《じゅうたん》か、純金のアクセサリーかな？　宝石でもいい」

「へっ？」

俺は彼の言葉にちょっと驚いてしまう。

「そ、そんな高いもの、おみやげにできません。……あっ」

俺は、すぐそばにあったスパイスの店に目を奪《うば》われる。

たくさんの麻袋《あさぶくろ》が並べられ、そこに山盛りのスパイスが入っている。

「……あれ、いいかも！」

俺が見つけたのは、袋の前にある台に高く積まれた、小さなプラスティックケース。

「これに入ってるのって、サフランだよね？」

ケースにぎっしりと詰《つ》められた朱色をしたスパイスには見覚えがある。

「うちの母さん、料理が趣味《しゅみ》で。だけどパエリアに使うサフランが高い高いっていつも言ってて。だけどここで買うとすごく安いかも！」

「母上へのおみやげか。家族思いなんだな」

彼は言って、店の奥から出てきた民族衣装《いしょう》姿のおじさんと早口の言葉で交渉を始める。

そして……書いてあった値段の十分の一くらいの値段で、俺はサフランを買うことができた。

その後。俺は、絵はがきやら、モザイク模様のタイルのコースターやら、アラブっぽいパッケージのミントティーやらを買ったんだけど、それも彼のおかげですごく安くねぎることができて……いつもながら貧乏《びんぼう》な俺は、なんだかすごく助かってしまった。

……一見ちょっと怖《こわ》そうだけど、けっこうきさくでいい人なんだな。

俺は、アシュラフと並んで歩きながら思う。

……ジャンニは今頃《いまごろ》働いてるだろうに、俺だけ遊んでていいのかな？

一瞬《いっしゅん》、ジャンニの顔が頭をよぎって後ろめたくなるけど……俺は、慌ててジャンニのことを忘れようとする。

……あんな仕事中毒男のことなんか忘れて、モロッコを楽しんでやるんだからな！

ジャンニ・バスティス

「コウジが部屋から消えた？」

宴会場《えんかい》の外の廊下《ろうか》。私は携帯《けいたい》電話に向かって叫《さけ》んでいた。

レストランのウエイターがぎくりと振《ふ》り返っているが、そんなことには構っていられない。

『はい。お消えになりました』

いつもと同じ冷静な声で答えるのは、幸次の世話を頼《たの》んだはずの秘書の小林だ。

『着替《きが》えてくるからと言ってベッドルームにお入りになったまま、三十分も出ていらっしゃいませんでした。さすがにヘンだと思い、ドアを開けたら……幸次さんの姿はすでにありませんでした。窓が開いていたところを見ると、そこからお逃げになったのではないかと』

「逃《に》げた？　何からだ？」

『無表情で親しみづらい私から、もしくは彼を子供扱《あつか》いばかりなさるあなたの束縛《そくばく》から』

いつでも冷静な彼の声が、今はとても憎らしい。

「君のお小言を聞いている場合ではない。書き置きか何かなかったか？」

『ありました。社長宛《あて》の手紙が』

「読んでくれ」

ガサガサと紙を開く音がして、小林の声が、

『一人でスークくらい行ける。夕食までには戻《もど》る。小林さんにゴメンって言っといて……とのことです』

あまりにもあっさりしたメッセージに、私は呆然《ぼうぜん》としてしまいながら、

「それだけか？」

『いいえ。追伸《ついしん》が』

「なんだ？」

『追伸。おもりをつけるなんてむかつく！　人を子供扱いするな！……とのことです』

私はため息をつき、それから、

「ホテルに常駐《じょうちゅう》しているSPを総動員して、スークにいるはずのコウジを捜《さが》させてくれ。私もすぐに向かう」

『SPと私で手分けして、スークとその周辺を捜索《そうさく》します』

小林が、冷静な声で私の言葉を遮《さえぎ》る。

『ですから社長はお仕事の方を……』

「会議と言うからわざわざ来たが、ただの宴会だった！　こんなことのためにコウジに何かあ

ったら私はどうしたらいいんだ！……親が危篤《きとく》だとでも言って抜《ぬ》け出す！」

私は思わず冷静さを失って叫び、それから深呼吸をしてなんとか落ち着こうとしながら、

「今、出れば、三十分でスークに到着《とうちゃく》できる。……君の方はどうだ？」

『私もその頃《ころ》には。……スークの西側の入り口に『イブラヒム』という金細工屋があります。その前でお会いしましょう』

この周辺の地理を知り尽《つ》くしている彼は、あっさりとそう言って電話を切る。

……コウジ……！

私の心臓が、壊《こわ》れそうなほどに痛んだ。

……いったい、どこに行ってしまったんだ？

桜岡幸次

彼のおかげで、おみやげをたくさん、しかも安く買うことができた。

観光ツアーじゃなかなか行けないようなツウな店でお茶もできたし、ランチには屋台料理の食べ歩きができたし……すごく実りの多い一日だったと思う。

だけど、ホテルに近づくにつれ、俺の気持ちはだんだん沈《しず》んでいく。

……一日中、ジャンニのことばっかり考えてた気がする……。

「恋人《こいびと》と、そんなにひどい喧嘩《けんか》をしたのか？」

ホテルのロビーまで送ってくれたアシュラフが、気遣《きづか》わしげに言う。

「いや……そうじゃないんですけど……」

俺は答えるけど……部屋に帰る足取りは重い。

……彼が約束をすっぽかしたから、とか、もしかしたらほかの人とデートしてたのかもしれないし、とかいろいろな言い訳はあるにせよ……俺がジャンニの言いつけを破って、部屋から逃げてしまったことは確かで。

……それに、小林さんにまで、心配かけちゃったし……。

俺の心は、ジャンニや小林さんに対する後ろめたさでいっぱいだったんだ。

「もしよかったら、今夜は俺のホテルに来ないか？　会うのが気まずくてそんなに沈んでいるんだろう？」

「……え？」

アシュラフの言葉に、俺は少し驚《おどろ》いてしまう。

「俺が無理に変なことをするような男でないことはわかっただろう？　朝まで語り合えたら、とても楽しいぞ？」

……うう……いっそ、このままジャンニと顔を合わせずに逃げちゃいたい。

……だけど。

広いロビーの向こう、月明かりの下に、高い塀《へい》に囲まれたバラ色の壁《かべ》のコテージが並んでいるのが見える。

ここからは見えないけれど、この一番奥まった場所にある一番広いコテージでは……きっとジャンニが俺を待っているはず。

そう思ったら、心臓が、トクン、と高鳴ってしまう。

……恋愛《れんあい》感情はもちろんないにしても、ほかの男と一緒《いっしょ》だったことが解《わか》って、しかもこのまま帰らなかったりしたら、やきもち焼きのジャンニはめちゃくちゃ嫉妬《しっと》するだろうな。

……それに、俺を放《ほう》りっぱなしにしたことをそろそろ反省してるかもしれないし……？

そう思ったら、なんだかものすごくジャンニに会いたくなってしまう。

「……俺……」

俺は、月明かりの下のコテージの方を見つめながら言う。

「……やっぱり、帰ります」

「……コウジ……」

アシュラフの声がちょっと寂《さび》しそうに聞こえて、俺は、案内してくれたお礼をちゃんと言わなきゃ、と思う。俺は、彼の方に向き直る。

「スークでは変な男たちから助けてもらったし、しかもいろいろ案内してもらえて……本当に感謝しています」

彼はなんとなく眩《まぶ》しそうな顔で俺を見下ろして、

「俺も楽しかったよ。それに、お礼を言われるほどのことはしていないし……」

「いいえ。あなたがいてくれなかったら、俺、今日一日、落ち込んだり、誰《だれ》かに当たったりしてました、きっと」

俺は彼の顔を見上げて、

「日本からお礼の手紙を出したいので、住所を教えていただけますか？　差し支《つか》えなければ」

アシュラフはその言葉を、どこかが痛むような顔で聞き、それからふいに苦笑《くしょう》する。

「それは……俺は、君の恋人には勝てなかった、ということだな」

「……え……？」

「わかった。名残惜《なごりお》しいが、すがるのはみっともないな」

彼は内ポケットから革《かわ》の名刺《めいし》入れを取り出し、そこから名刺を一枚取り出す。

金色の何かの紋章《もんしょう》が型押しされたその名刺は、すごく高そうな感じで……いかにも地位の高い人が使いそうなものだった。

「プライベート用の名刺だ。手紙をくれるのなら、この住所に」

名刺には、彼の名前と、住所が書かれていて……。

「あれ？」

俺は彼が示した住所を見て、少し驚く。

……地理にとても詳《くわ》しいから、この辺りに住んでいる人かと思ったのに……？

「ドゥバイ？」

ドゥバイっていうのは、アラビア半島にある、お金持ちがたくさん住んでいるので有名なオイル・ダラーの国だ。

「モロッコの方じゃなかったんですか？」

「仕事で世界中を飛び回っているが、とりあえず本宅はここだよ。……それから」

彼は名刺の一番下にある携帯《けいたい》電話らしきナンバーを示して、

「これは俺の衛星携帯のナンバーだ。ここに電話をもらえれば、世界中のどこにいても飛んでいってあげるよ?」

彼の言葉に、俺は思わずまた笑ってしまう。

「ありがとうございます。スーパーマンみたいですね」

「君のような美しい人の、専属のスーパーマンになれたらよかったんだが」

本気なのか、冗談《じょうだん》なのか解らない口調で、彼は言う。

「それは、あなたの運命の人に言ってあげてください」

俺が言うと、彼はまた寂しそうに微笑《ほほえ》む。それから、

「ともかく。俺は明後日《あさって》まではこのモロッコにいるつもりだ。ここからタクシーで十五分ほど離《はな》れたホテル、『ローズ・ドゥ・モロッコ』に滞在《たいざい》している。……何かあったらすぐに来てくれて構わないよ、今夜にでも」

「ありがとうございます」

俺は、彼の名刺をポケットに入れて、それからコテージの方を振《ふ》り返る。

……あそこに、ジャンニがいる……。

思うだけで、なんだか胸が熱くなる。

……こんなにハンサムで、親切で、すごく魅力《みりょく》的な男の人といても、俺はジャンニのことばかりを考えていた。

……やっぱり俺には、ジャンニしかいないんだ。

「でも、仲直り、できると思います」

俺は、ジャンニの顔を思い浮《う》かべながら言う。

……俺が抜《ぬ》け出していたことを知ったら、ジャンニは怒《おこ》るだろうか？

……でも、少しくらい怒られてもいい。

俺の心の中に、彼への愛《いと》おしい気持ちが広がってくる。

……だって、俺、ジャンニのことをこんなに愛してるんだから。

俺の横で、彼が深いため息をつくのが聞こえる。

「……もう、心は彼の許《もと》に、というところか」

「え？」

俺が見上げると、彼は俺を真《ま》っ直《す》ぐに見つめる。

「君も……俺の運命の人ではなかったんだな」

彼のなんだか悲しそうな声に、胸が痛む。

……彼は、運命の人にまだ出会えてないんだ。

……こんなにいい人なのに。

「あの……」

俺は彼を真っ直ぐに見上げて、

「あなたが早く、運命の人と出会えることをお祈《いの》りしています」

「ありがとう。君は優《やさ》しい人だ」

彼は白い歯を見せて微笑み、それから小さく手を上げて踵《きびす》を返す。

そのまま歩み去る彼の後ろ姿を見送りながら、俺は思う。

……彼みたいな素敵《すてき》な人は、きっと、美しくて優しい、最高のお姫《ひめ》様と運命で結ばれているんだろうな。

微笑ましい気持ちになりながら、コテージの方に歩き出そうとした時……。

「コウジ！」

ロビーに、いきなり大きな声が響《ひび》いた。

「……え？」

振り返ると、そこに立っていたのは……。

「ジャンニ？」

いつでも一分のスキも見せない彼とは、別人みたいだ。

彼はスタッフが驚いて目を丸くするのにも構わず、いきなり俺を抱《だ》き寄せる。

「コウジ！」

「本気で心配した。君が一人でどこかに行ってしまったと聞いて」

彼が俺の髪《かみ》に顔を埋《うず》め、かすれた声で言う。

「……え？」

ジャンニに怒られるだろうとばかり思っていた俺は、彼の本気で心配したような声に、なんだか驚《おどろ》いてしまう。

「君が……」

彼の腕《うで》が、俺の身体《からだ》を、キュッと強く抱き締《し》める。

「……また、消えてしまうかと思った……」

「……あ……」

俺の脳裏《のうり》に、彼との初めての朝のことが甦《よみがえ》る。

……そうだ。あの時も、彼はとても苦しんで……。

……俺、彼がとても俺を想《おも》ってくれてること、解《わか》ってたはずなのに……。

「……ごめんね、ジャンニ」

俺は彼の逞《たくま》しい身体に、そっと腕を回す。

「……俺、あなたに置いて行かれて、ちょっと拗《す》ねただけなんだ」

囁《ささや》いて、彼の胸に頰《ほお》を擦《す》り寄せる。

「……心配かけて、ごめんなさい」

「……コウジ……」

ジャンニが愛おしげに囁いて、俺の顔を上げさせ、真っ直ぐに覗《のぞ》き込んでくる。

見とれるような美貌《びぼう》。

ジャングルの闇《やみ》のような漆黒《しっこく》の瞳《ひとみ》。

俺の心が、彼への愛おしさではちきれそうになる。

……ああ、見つめられるだけで、俺……。

彼は切なげな顔で俺を見つめ……それからふいに苦笑する。

「……いけない。君があまりに可愛《かわい》くて、キスを奪《うば》いそうになってしまった」

「……あ……」

俺は、その言葉に思わず赤くなってしまう。

……そうだ、ここは彼が所有するホテルだった……。

ホテルのオーナーである彼は、お忍《しの》びで視察をするためにスタッフ全員には自己紹介《しょうかい》をしないらしい。だけど、ゼネラル・マネージャーとかの偉《えら》い人は、もちろん彼の顔を知ってるはずで……。

……ここまでは、親しい友人同士の抱擁《ほうよう》としてまだごまかせるかもしれないけど……この先はちょっとやばいよね。

俺は、慌《あわ》てて彼の身体から腕を解く。名残惜しげに俺を離した彼を見上げて、

「……え……ええと……部屋に戻《もど》ろうか……?」

言うと、彼が可笑《おか》しそうに笑って、それからひそめた声で、

「そうだな。こんな場所では、君のリクエストに応えられない」

「……う……別に、キスのリクエストなんかしてないぞっ」

彼は俺の肩《かた》を親しげに抱き寄せながら、耳に口を近づける。

「キスではない。もっと激しいことだよ」

「……はうっ！」

「君の目が誘《さそ》っている。すぐに抱いて、とね」

「ち、違《ちが》うってばっ！」

彼といつもの言い合いをしながらも……俺の心はあたたかく満たされていく。

……ああ、俺……本当にジャンニに夢中なんだ……。

コテージの門の前で待っていたのは、いつもと変わらない冷静な顔の小林さんだった。

「……あっ」

俺は彼の顔を見つけて、思わず立ちすくむ。

「彼は、君に嫌《きら》われているのではないかと思っているらしい。自分とスークに行くのが嫌《いや》だから逃《に》げたのではないかと」

彼の言葉に、俺は驚いてしまう。

「まさか！……小林さん！」

俺はジャンニの腕の中から滑《すべ》り出て、小林さんのところまで駆《か》け寄る。

「本当にごめんなさい！　急に逃げたりして！」

俺は両手を胸の前で合わせて、彼に謝る。

「あなたと一緒《いっしょ》に出かけるのが嫌だったわけじゃない、もちろん！　ただ、一緒に出かけるっていう約束を破って仕事に行っちゃったジャンニを、ちょっと困らせたくて……ごめんね！」

「いいえ。あなたが無事に戻られたのですから。謝らなくて結構です」

小林さんは無感情な声で言うけど……その綺麗《きれい》な顔は、ちょっとだけホッとしているように見えた。

「お一人での冒険《ぼうけん》は、楽しかったですか？」

「うん！　でも……」

本当は一人じゃなかったんだよね、と言いそうになり、俺は慌てて口をつぐむ、……男の人と一緒だったと知られたら、ジャンニに怒られそうだし……。

「でも？」

小林さんが、その形のいい眉《まゆ》を少し心配そうに持ち上げる。

「いや、その……ジャンニのことばっかり思い出してはいたけど、ね」

俺が言うと、小林さんは深いため息をついて、

「なるほど。ごちそうさまです。惚気《のろけ》られついでにお教えしますが……」

彼はジャンニの方を振《ふ》り返って、

「社長はあなたを捜《さが》されましたよ、それこそ必死で」

「……え？」

「それから、ここは日本ではなく、ライバルはアラブ圏《けん》の人々がほとんどです。彼らにはなかなかこちらの理屈《りくつ》は通用しません。いくら大切なデートがあっても、ね」

小林さんはため息をついて、

「そのことを社長に代わってご説明するようにとも申しつけられていたのですが……あなたは私に何も言う隙《すき》も与《あた》えずに逃げてしまわれたし」

「……あ……」

振り向くと、ジャンニはため息をついて、

「ここから先は自分で説明する。君も疲《つか》れただろう。部屋に戻ってくれ」

「わかりました。それでは失礼いたします」

小林さんはジャンニに頭を下げ、それから俺に向かってチラリと微笑《ほほえ》んでくれる。

俺は、小林さんが怒《おこ》ってなさそうだったことに少なからずホッとする。

……いつも無表情でちょっと怖《こわ》そうだけど……。

俺は、彼の後ろ姿を見送りながら思う。

……やっぱり、けっこう優しい人みたい。

「コウジ」

「え？」

ジャンニのなんだか真面目《まじめ》な声で。振り返ると、彼は俺を真っ直《まっす》ぐに見つめて、

「約束を破ることになってしまって……悪かった」

「……う……」

俺はなんだかちょっと赤くなってしまいながら、

「……仕事の虫で、しかもいつも強引《ごういん》なあなたに、そんなふうに素直《すなお》に謝られると……なんだか調子が狂《くる》うんだけど？」

ジャンニはため息をついて、俺の方にそっと手を差し出す。

「君との約束を破った理由を説明させてくれないか？　今からでは、言い訳にしか聞こえないかもしれないが」

「ううん」

俺はかぶりを振って、彼の美しい手のひらに、自分の手をそっと載《の》せる。

「あなたの話を聞かせて。俺、ちゃんと聞くから」

彼はうなずいて、俺の手をそっと握《にぎ》りしめる。

俺の手を引いたまま、片手で俺と彼の部屋に通じる門の鍵《かぎ》を開ける。

片手で門を押し開け、もう片方の手で俺の肩をしっかりと抱《だ》いて、門の中に入る。

俺とジャンニは、美しいモザイク模様のタイルが貼《は》られた、プールサイドに出る。

彼は、そこにあったテラスチェアを俺のために引き、俺を座らせてくれる。

そして、自分は向かい側に腰《こし》を下ろす。

……なんとなく、ベッドに連れて行かれるかと思ってた。

俺は一人で赤くなりながら思う。

……じゃなかったら、ソファで並んで座って、肩を抱かれるとか。

……どっちにしろ……。

俺はついつい彼から目をそらしてしまいながら、思う。

……こんなふうに改めて向かい合うのって、なんだか妙《みょう》に恥《は》ずかしいぞ。

「私たちは、もっと早くから、こうしてきちんと向かい合うべきだったのかもしれない」

彼の言葉に、俺はハッとして彼に視線を戻す。

「私はもともと口べたな男だ。そして君は恋《こい》に不慣れでとても純情だ。そのうえ、私は社会人で、君は学生。国籍《こくせき》も立場も違えば、年齢《ねんれい》も違う。……きちんと話し合わなければ、気持ちがすれ違っても無理はなかった」

彼のよく響《ひび》く美声が、花の香《かお》りのする乾《かわ》いた風の中に、静かに響く。

「……うん……俺もそう思う」

俺はちょっと赤くなりながら、

「なにせ、俺、すごい早とちりだし、自分に自信がないから考え方ひねくれてるし」

「ひねくれてなどいない。君はとても謙虚《けんきょ》で、とても純粋《じゅんすい》なんだ」

真っ直ぐに見つめてくる、野性的な美貌《びぼう》。

どこかに触《ふ》れられているわけじゃないのに、俺の鼓動《こどう》がどんどん速くなる。

「そんな君に、仕事の話などあまりしたくはなかったのだが……」

ジャンニは、深いため息をついてから、

「この周辺のアラブ諸国で仕事をするためには、独得の礼儀《れいぎ》と方法が必要になる。特に、私の会社のような利益もライバルも多い場合にはね」

……たしかに、日本や、ジャンニの故郷であるイタリアとは、ここは宗教も習慣も全然違っている。かなり大変そうだというのは、学生の俺でも想像がつく。

「モロッコには、この『ジュエル・オブ・マラケッシュ』のほかに、もう一つ、超高級《ちょう》といわれるランクのホテルがある。それが、『ローズ・ドゥ・モロッコ』。アラブ系の『ジェイクザイード・ホテル・グループ』が経営しているホテルだ」

「『ローズ・ドゥ・モロッコ』？」

俺は聞き覚えのあるその名前をどこで聞いたのかを思い出そうとして少し考える。

……ああ、そういえば、今日観光案内をしてくれたアシュラフが、泊《と》まっていると言っていたホテルだ。気さくな感じだったけど、けっこうなお金持ちだったんだな、彼。

「今日は、その『ローズ・ドゥ・モロッコ』を経営する人間たちと会っていた。昨夜行ったあの人工湖を一緒に造り上げたオイル・ダラーの一族でもある」

「え？　あっ、そうだったの？」

「仕事絡《がら》みであるだけでなく、祖父の頃《ころ》からのそういうつながりもあるので、彼らからの誘《さそ》いは断ることができない。しかも私がモロッコに到着《とうちゃく》したことをどこからか知ったらしく、今朝早く、彼らはこのホテルのロビーまで私を迎《むか》えに来てしまった」

「ええっ？　俺が寝《ね》てる間に、そんなことがあったの？」

ジャンニはうなずいて、深いため息をつく。

「会議と言いつつ、実は昼食会も兼《か》ねての宴会《えんかい》だった。彼らにすれば、歓迎《かんげい》の意を表するために企画《きかく》してくれたことだったのだろうが……私にとってはかなりの迷惑《めいわく》だ」

「……そう……だったのか……」

俺はちょっと驚《おどろ》いてしまいながら言う。

「……もともとモロッコで仕事の予定があって、だからついでに俺を誘ったのかと……」

「まさか！」

ジャンニは驚いたように声を荒《あら》らげる。

「君と二人きりのバカンスを、私はとても楽しみにしていたんだ！　君と過ごすためにはどの国が一番ロマンティックか、さんざん迷って……」

彼はそこで言葉を切り、それからまたため息をつく。

「……あの一族のおせっかいのせいで、とんだバカンスになってしまったが」

「……そう……なんだ……」

俺はホッとして、なんだか泣きそうになりながら言う。

「……俺と過ごすために、こんなに素敵《すてき》なホテルを選んでくれたんだ？」

「もちろんそうだよ」

見つめてくれる、漆黒《しっこく》の瞳《ひとみ》。いつもは獰猛《どうもう》に見える彼の視線が、今はすごく優《やさ》しい。

「モロッコの満月の下で愛を語り合えたらどんなにロマンティックだろう、そう思ったんだ」

「……ジャンニ……」

彼が手を伸《の》ばし、テーブルの上に置かれた俺の手の上にそっと重ねる。

彼のサラサラとした手のひらの感触《かんしょく》を感じるだけで、頬《ほお》がなんだか熱くなってくる。

「もう一つ、言っておきたいと思うことがある」

「うん……何？」

「今の私は、ほかのどんなことよりも君が大切だと思ってしまっている」

「……え……？」

「もちろん、仕事よりもだ」

俺は、彼の言葉に呆然《ぼうぜん》とする。

だって、彼は、超高級ホテルチェーンのオーナーで。

しかも、世界に名だたる大富豪《だいふごう》、バスティス家の総帥《そうすい》として一族をまとめている人で。

会社の経営も、総帥としての仕事も、想像を超《こ》えるほど大変なはず。

……なのに……？

ジャンニは、俺の顔を真っ直ぐに見つめる。

「もしも今朝、君に一言『行かないで』と言われてしまっていたら、私はきっと今日の仕事をキャンセルしてしまっていた」

「……えっ……？」

俺は驚いてしまいながら、

「だって、彼らとの付き合いは、仕事のうえでも大切なんだよね？」

「彼らの心証を損《そこ》ねれば、新しくドゥバイに造ろうとしている二軒《けん》目のホテルの着工は、あと十年は延びてしまっていただろう。もしかしたら中止に追い込まれていたかもしれない」

「じゃあ、どうして……」

ジャンニは深いため息をつき、それから俺を真っ直ぐに見つめる。

「私はバスティス・グループの総帥、そしてバスティス家の当主になるべく育てられた。グループをまとめる君主になるためには、いつでも冷徹《れいてつ》であれ、と教えられてきた。愛だの恋だのという生ぬるい感情は、自分にとってはまったく必要のないものだと思ってきた。……だが」

彼は俺の存在を確かめるように、俺の手をキュッと強く握りしめる。

「君に出会い、結ばれた夜に、私のすべては変わった」

「……ジャンニ……」

「今の私には、君との時間が大切なんだ。ほかのどんなことよりも」

俺の胸が、キュッと甘く痛んだ。

……彼は、とても高い地位にいて、しかも誰《だれ》よりも責任感の強い人だ。

……その彼にとって、俺との時間がどんなことよりも大切……？

「ジャンニ」

俺はたまらなくなって、彼の手を持ち上げ、その滑《なめ》らかな手の甲《こう》に頬を寄せる。

「俺、あなたのすべてが好きだよ。俺に愛を囁《ささや》いてくれているあなたはもちろんだけど、仕事を頑張《がんば》っているあなたも」

俺は囁いて、彼の手の甲にそっと口づけをする。

「だから、俺のために仕事を犠牲《ぎせい》にしたりしないで」

「……コウジ……」

「仕事の話をしてる時のあなたは、やっぱりキラキラしてる。俺はあなたの邪魔《じゃま》をする存在にはなりたくないよ」

俺は彼の顔を見上げながら言う。

「俺は、あなたの疲《つか》れを癒《いや》してあげられる存在になりたいんだ」

ジャンニはなんだか感動したような顔をして、俺を見つめている。

「だから、正直に言って。……ここでの仕事は、まだ全部は終わってないんじゃない？」

俺が言うと、彼は驚いたように目を見開き、それから苦笑《くしょう》して、

「君には……何もかもお見通しか？」

「だって……もし明日仕事の予定がなければ、あなたはきっと、明日はここに行こう、って提案してくれる。だけどあなたは明日のことを一言も口にしてないから」

彼は、憂《うれ》わしげな深いため息をついて、

「いったいどう切り出そうかと思っていた。明日の午前中、今度は宴会ではなく本物の会議があるんだ。彼らがドゥバイの高官をわざわざ招いてしまったので、断るのはかなり危険だ。だが、早朝ミーティングにしてもらったので、ランチまでには必ず帰ってくる」

「本当？」

「本当だ。午前中で仕事がすべて終わるようにし、午後からは二人きりの時間を過ごそう」

彼に見つめられて、俺の鼓動《こどう》が速くなる。

……本当は、一瞬《いっしゅん》でも長く一緒《いっしょ》にいたいけど。

俺は胸を熱くしながら思う。

……仕事をしている彼が、魅力《みりょく》的なのも、本当で。

「……あなたがこのホテルを選んだのは、正解だったかも……」

俺は頬が熱くなってくるのを感じながら言う。

「……豪華《ごうか》で素晴らしくて、すごく気に入ったって言うのも、もちろんあるんだけど……」

「……ん？」

優しい声で言われて、俺の心がキュッと切なく痛んだ。

「……モロッコの、こんなに綺麗《きれい》な満月の下に、あなたと二人きりでいると……めちゃくちゃロマンティックな気持ちになってきて……」

俺は恥《は》ずかしさに思わずうつむく。それから、蚊《か》の鳴くような声で正直な気持ちを告白する。

「……あなたに、抱《だ》かれたくなるよ」

ガタ、という椅子《いす》が引かれる音がして、驚いて顔を上げる。

向かい側に座っていたはずの彼が、その場に立ち上がっていた。

彼はなんだか呆然とした顔で、俺を見下ろしていた。

……うわ、こんなことを言ってしまって、引かれたんだ！

俺は、思わず真っ赤になってしまう。

「ご、ごめんなさい。なんか恥ずかしいこと言っちゃって。俺の方から誘《さそ》うようなことを言うなんてやっぱり引くよね？」

俺は言いながら、慌《あわ》てて立ち上がる。

「ええと、俺、今夜は、ゲストルームのベッドに寝《ね》ようかな？　あなたは疲れてるだろうし、それに明日も仕事があるし……こんなエッチなヤツが隣《となり》にいたら、落ち着いて眠《ねむ》れないもんね！」

慌てて踵《きびす》を返した俺の手首が、彼の手にキュッと掴《つか》まれる。

「そんなふうに誘っておいて逃《に》げるなんて……それが故意にだったら、本当の小悪魔《こあくま》だな」

「……え……」

「だが、それをまったく意図せずにしてしまうところが、君らしいというか、とても危険というか。許さないよ。誘ったのは君だ」

ジャンニは胸の中の俺を見下ろしながら、ものすごくセクシーな声で囁いてくれる。

「どんなことをしてくれるのか……とても楽しみだ」

「自分から、ボタンを外してごらん」

月明かりのベッドルーム。私が言うと、幸次はとても恥ずかしそうに私から目をそらす。

……彼はとても恥ずかしがり屋で、愛の行為《こうい》に不慣れだ。

……自分から肌《はだ》をさらさせるのは、まだハードルが高すぎるだろうか？

しかし、彼は反論せずにゆっくりと手を上げる。

彼のしなやかな指が、綿シャツのボタンにかかる。

そして一番上のボタンを、そっと外す。

二つ目のボタンに手をかけるが……。

「……う……」

彼は恥ずかしそうに頬《ほお》を染め、手を止めてしまう。

「外せるのは、一つだけ？」

私が囁くと、彼はヒクリと小さく身を震《ふる》わせる。

そして唇《くちびる》をキュッと噛《か》んで、次のボタンに手をかける。
そして、二つ目のボタンをゆっくりと外す。
……シャツのボタンを外すだけで、こんな顔をしてしまうなんて。
私の胸が、愛《いと》おしさに熱くなる。
……彼は、本当に純情で、本当に可愛《かわい》らしい。
そして。
天窓から射《さ》し込んでくる、一筋の満月の明かり。
その下に立つ彼は、まるで天使のように清楚《せいそ》にも見えるが……。
緊張《きんちょう》しているのか微《かす》かに開き、真珠《しんじゅ》のような歯を覗《のぞ》かせている美しい唇。
羞恥《しゅうち》にバラ色に染まる、滑らかな頬。
そして、今にも泣いてしまいそうに震える、その長い睫毛《まつげ》。
……ああ、彼はこうして立っているだけで……。
私は彼の美しい立ち姿に見とれながら思う。
……本当に、色っぽい。
「……俺……」
彼が恥ずかしげに俯《うつむ》いたままで囁く。
「……あなたに会って、本当に変わったと思う」

囁《ささや》きながら、震える指で三つ目のボタンを外す。

「変わった？　どう変わったのかな？」

私が言うと、彼はゆっくりと顔を上げ、潤《うる》んだ瞳《ひとみ》で私を見つめる。

「……あなたに見られてると思うだけで……身体《からだ》が熱くなってくるんだ……」

彼の指が、胸の辺りのシャツの布地を、キュッと握《にぎ》りしめる。

「……俺の身体、すごくいやらしくなっちゃった……あなたに嫌《きら》われたらどうしよう……」

彼が何かに怯《おび》えるような目で私を見る。

「嫌う？　どうして？　身体が熱くなるのは、君が私を愛してくれている証拠《しょうこ》なのに」

私は言って、ベッドから立ち上がる。

彼のそばに歩み寄り、その肩《かた》を、両手でそっと包み込む。

少年から青年に移行する途中《とちゅう》のまだ華奢《きゃしゃ》さが残るその感触《かんしょく》を、愛おしさに胸を熱くしながらそっと握りしめる。

驚《おどろ》いたように見上げてくる幸次の瞳が、感じてしまったかのように切なげに潤む。

「身体をつなげるのは、恥ずかしいことじゃない。……私がどんなに君を愛しているか、そして君がどんなに私を愛してくれているか、セックスは、それを伝え合う行為だろう？」

「……あ……」

「君がどんなに私を愛してくれているか、私に、君の身体で教えて欲しい」

肩を握っていた手の力を緩《ゆる》め、彼の肩のラインをそっと手のひらで辿《たど》る。

「……んっ……」

彼の唇から、小さくて甘いため息が漏《も》れた。

「脱《ぬ》がせていい？」

肩をそっと撫《な》でてやりながら囁くと、彼は少しホッとしたような顔で見上げてくる。

「……うん……」

「それなら私が君の服を脱がせてあげる。そのかわり」

私は身を屈《かが》めて彼の両手を持ち上げ、自分のネクタイの上に押しつける。

「君は、私の服を脱がせてくれるね？」

「ええっ？」

驚いたように声を上げる彼の袖口《そでぐち》のボタンを、ゆっくりと両方外してやる。

「私は、君を脱がせるので手一杯《ていっぱい》だよ？」

囁きながら手首を指先でくすぐってやると、彼が小さく息をのむ。

「……あっ……」

「ほら、きちんとネクタイを解いてごらん？」

囁くと、彼は不器用な手つきで私のネクタイを解こうとする。

「せ、制服がブレザーだから、自分のなら慣れてるんだけど……」

慌てて指をもつれさせる幸次のシャツの前立てのボタンを、一つずつ外してやる。

「ほら、早くしないと、自分だけ裸《はだか》にされてしまうよ?」

言いながらシャツを肩から滑《すべ》り落としてやると、幸次は恥《は》ずかしそうに息をのんでますます指をもつれさせる。

「待って、そんな……あ、やっと解けたっ」

彼が不器用に私のネクタイを解いている間に、彼のジーンズの前立てのボタンを外す。

「うわ、そんな……待ってて」

ファスナーに手をかけると、私のワイシャツのボタンを外そうとしていた彼が、驚いたように声を上げる。

「待てない。誘惑《ゆうわく》した君が悪いんだよ?」

言いながら、ゆっくりとファスナーを引き下ろしてやる。

「……やっ……ああっ」

頬をバラ色に染める彼のジーンズを、両手で掴んでゆっくりと引き下ろす。

「……待って、それ以上は……あっ!」

キュッと上がったお尻《しり》の下まで引き下ろされたジーンズは、重力の法則に従って、彼の足元にストンと落ちた。

「……あっ……ああっ……」

トランクス一枚になった彼は、恥ずかしそうに息を弾《はず》ませる。

「ずいぶん可愛い下着をはいているんだな」

私は、彼がはいていたトランクスを見て思わず微笑《ほほえ》んでしまう。

赤いチェックのトランクスには、可愛らしい犬の模様がたくさんプリントされていたからだ。

「うっ、だってこれは母さんが勝手に買ってきて……あぁんっ！」

脚《あし》の間の部分にそっと手を当ててやると、彼は甘い声を上げてしまう。

「まだ、どこも愛撫《あいぶ》などしていないよ？」

彼の屹立《きつりつ》は、可愛らしいトランクスの下で、しっかりとその存在を主張していた。

「なのに、もうこんなに勃《た》ててしまって」

そっと握り込んでやると、彼はクッと息をのみ、私の手の中の屹立をヒクリと震わせる。

「しかも、ねだるように震えている」

「……ああ……握ったりしたら……ダメ……っ」

囁いた幸次の屹立が、私の体温に応《こた》えるようにどんどん硬《かた》さを増してくる。

「ほら、早くしないと、自分だけイッてしまうよ？　私はまだシャツを脱いでもいないのに」

うながすように手を一度だけ上下に動かしてやると、幸次は、ああ、と甘いため息をつく。

それから、震える手で不器用に私のワイシャツのボタンを外し始める。

首筋に当たる彼の呼吸が、甘く乱れているのを感じる。

もつれる指先が、彼がもう感じていることを示しているようで、とても愛おしい。

彼は長い時間掛《か》けて私のワイシャツのボタンを外し終わり、ホッとしたように息をつく。

「脱がせるのは、上だけ？　それでは最後までできない。それでもいい？」

私が囁いてやると、彼は恥ずかしそうにまた息をのむ。

「最後までして欲しかったら、きちんと脱がせて、おねだりしなくてはいけない」

「……あ……だけど……あなたのスラックスを脱がせるなんて、そんな……」

彼の頰《ほお》が、羞恥のバラ色に染まっている。

見上げてくる潤んだ瞳が、私の心の奥にある嗜虐《しぎやく》心をいやおうなしにかきたてる。

「ああ、そんなに可愛い顔をされたら……」

私は彼の美しい顔を見下ろしながら苦笑する。

「……もっともっと苛《いじ》めたくなってしまうな」

私は囁いて、彼のトランクスのウエスト部分に両手をかける。

「脱がせるよ？　君の欲望を見たら、我慢《がまん》できなくなるだろう。このまま、君が満足するまで指だけでイかせてしまうよ。……いい？」

「……あっ、待って……っ」

彼はとても焦《あせ》ったように言い、とてつもない決心をしたかのように唇を嚙んで、私のスラックスのベルトに手をかける。

彼の手が震《ふる》えて、金具が、カチカチ、と微《かす》かな音を立てる。

彼は必死の顔でベルトの金具を外し、そして思い切ったように息を止めてスラックスの前立てのボタンを外す。

身体を震わせながら、ファスナーの金具に触《ふ》れようとボタンの下の部分に触れ……。

「……え……？」

驚いたように私を見上げてくる。

「このスラックスはオーダーメイドなので、ファスナーはない。前立てはすべてボタンだ。……外せる？」

「……あ……」

彼は恐《おそ》る恐る私の前立てに手を伸《の》ばす。

ボタンの位置を探《さぐ》ろうとして、私の脚の間に触れ……欲望が熱くなっていることに気づいたのか、まるで焼けた鉄にでも触れたかのように、ビクッと震えて手を引く。

「……やっ」

そして、両手を胸の前で握り合わせて、かぶりを振《ふ》る。

「……あ、もう、できないよ……っ」

「告白すれば、私も、君と同じ状態なんだ。……指で感じた？」

私は手の中の彼をキュウッと握《にぎ》り込んでやりながら、囁《ささや》く。

「……ああ……んっ」

彼は甘い声を漏らして身体《からだ》を震わせ、すがりつくようにして私の胸の中に倒《たお》れ込んでくる。

「……恥ずかしい、あなたに触れてしまった。でも……」

触れあう肌《はだ》と肌。彼の速い呼吸が、私の首筋を甘くくすぐる。

「……あなたが俺に感じてくれてるのがわかって、なんだか……」

「なんだか、何？　嫌《いや》だった？」

彼はかぶりを振り、無垢《むく》な鹿《しか》のように澄《す》んだ、しかしとても今は色っぽく潤《うる》んでしまった瞳《ひとみ》で私を見上げてくる。

「……違《ちが》う。すごく嬉《うれ》しい……あっ！」

彼が驚《おどろ》いたように声を上げる。

私が彼の屹立を解放し、その代わりに腰《こし》を抱《だ》き上げるようにしてグッと引き寄せたからだ。

「……はう……っ」

しっかりと勃ち上がった私の屹立と、はちきれそうなほどに硬くなった彼の屹立が、グリッと擦《こす》れ合った。

「あ！　やだ、ああっ！」

彼はとても切なげな声を上げて、ビクビクッと身体を震わせる。

「くうっ……んっ！」

彼がとてつもなく色っぽく息をのみ……そして彼の下着にジワリと濡《ぬ》れた染《し》みが広がった。

「……え……？」

驚いて見下ろすと、彼は激しく喘《あえ》ぎながら、目尻《めじり》から涙《なみだ》を溢《あふ》れさせる。

「……はあ……はあ……そんなこと、するから……っ！」

「まさか、今ので？」

「……あなたの、すごく硬くて、逞《たくま》しくて、そんなの押しつけられたら、俺……っ！」

彼がしゃくり上げるような声で言い、快楽の涙で潤んだ瞳で私を切なく睨《にら》み上げてくる。

「……あなたに入れられた時のこと、思い出しちゃうだろ……っ！」

「思い出して、イッてしまった？」

彼は恥ずかしげに喘ぎ、それから羞恥《しゅうち》に耐《た》えかねたように私の胸に顔を埋《うず》める。

「……あっ……だって……あぁっ！」

彼が、言葉の途中《とちゅう》で甘い叫《さけ》びを上げる。

私の手が彼の下着の中に滑り込み、快楽の蜜《みつ》を放ったばかりの彼の屹立を握り込んだからだ。

「……くう、ん……や、だぁっ！」

「ああ……こんなにたくさん出してしまったんだね？」

たっぷりと放たれた快楽の白い蜜で、彼の屹立がヌルヌルに濡れてしまっている。

「……ああ、だって……くうっ」

彼が身体を震わせ、息をのむ。

私が彼の屹立を、ゆっくりと撫《な》で上げたからだ。

「……ダメ、そんなことしたら……ああっ」

放ったばかりだというのに、彼の屹立はほんの少しの愛撫でもう硬さを増してくる。

「……ああ……ジャンニ……っ」

彼は身体を震わせ、倒れ込むようにして私の胸の中に崩《くず》れ落ちる。

「……ああっ……お願いっ」

彼は色っぽく眉《まゆ》を寄せ、懇願《こんがん》するように私を見上げてくる。

「……ん？　何をお願いしているの？」

囁くと、彼はその美しい黒い瞳を潤ませて、

「……あなたが……欲しいんだ……」

彼の欲望にかすれた声が、私の理性をかすませる。

私は、彼の身体をわずかに覆《おお》った下着を一気に引き下ろす。

「……ああっ……」

彼の後ろに手を回し、双丘《そうきゅう》のスリットに、蜜で濡れた指を滑《すべ》り込ませる。

「……くうっ……！」

小さな蕾《つぼみ》を指先で探り当てると、彼はたまらなげに震え、息をのむ。

「……ん？　ここが感じる？」

蕾の入り口を、花びらの襞《ひだ》を確かめるようにして辿《たど》ってやる。

「……あっ……あっ……」

濡れた指を蕾の中心に押し当て、そのまま、クチュ、と指先を押し入れる。

「……くふ……っ」

彼は小さく息をのみ、悩《なや》ましげに眉を寄せて身体を震わせた。

「どうした？　痛かった？」

囁くと、彼はかぶりを振って、

「……痛く……ない……だけど……」

「だけど？」

押し入れた指先をそっと揺《ゆ》らしてやると、彼はたまらなげに身体をよじらせる。

「……あっ……揺らしたりしたら……あふっ」

彼の蕾が、ふいに蕩《とろ》けそうに熱くなる。そして、私の濡れた指を柔《やわ》らかく受け入れてくれる。

「解《ほぐ》さなくていいくらいに柔らかい。まるで、もっと別の何かを待っているみたいだ」

「……あっ……お願い……っ」

彼の蕾が、私の指を、キュウッと締《し》め上げてくる。

「……ああ……欲しい……っ」

我を忘れたようにねだる彼は、本当に色っぽくて、本当に可愛《かわい》い。

……こんなに可愛くては、もっともっと苛《いじ》めたくなるじゃないか。

「……何が欲しいのか、言ってごらん？」

囁きながら、指を増やして、その小さな蕾を解していく。

私との行為《こうい》に慣れてきた彼の蕾は、私の意図を察して柔らかく解れ、時たま何かをねだるようにキュウッと強く収縮する。

「……くう……ああ、ん……イジワル……っ」

私の指を締め上げる時、彼は内壁《ないへき》で感じるようだ。頬《ほお》をバラ色に染め、呼吸を速くする。

「きちんと言わないと、指だけでまたイカせてしまうよ？」

囁きながら、彼の一番敏感《びんかん》なポイントを撫で上げる。

「……ああああっ！」

感じやすい彼は身体をヒクヒクと震わせながら喘ぎ、それから甘いかすれ声で言う。

「……あなたが欲しい……ああっ！」

彼の言葉が終わらないうちに、私は彼を抱き上げた。

そのままベッドに押し倒し、彼の内腿《うちもも》に手をかけて一気に押し広げる。

「……や、ああ……っ」

下腹を欲望の蜜に濡らした彼は……本当に色っぽく、本当に美しかった。

「……ジャンニ……っ」

月明かりにさらされた彼のスリットの奥。小さな蕾が誘《いざな》うように震《ふる》えている。

「……コウジ……！」

私は彼を抱きしめ、蕩けて震える彼の蕾に、自分の欲望を獰猛《どうもう》に突《つ》き入れた。

「……ああ……っ！」

幸次は一瞬《いっしゅん》だけ驚いたように身体をこわばらせ……しかしすぐに私の身体にすがりつく。

「……ああっ、ジャンニ……っ！」

肌に密着する、彼のシルクのように滑《なめ》らかな肌の感触《かんしょく》。

キュウキュウと絶妙《ぜつみょう》に締め上げてくる、彼の内壁。

「……ジャンニ、好き……っ」

幸次の甘い呟《つぶや》きに、私の理性が四散する。

私は彼の身体を抱きしめ、その蕾に獰猛な抽挿《ちゅうそう》を繰《く》り返す。

「……あっ、あっ、イッちゃう、ジャンニ……！」

月明かりの差し込むベッドに、彼の甘い甘い喘ぎが響《ひび》く。

「……あっ、くうう……っ！」

彼の屹立《きつりつ》の先端《せんたん》から、白い蜜が噴《ふ》き上がる。

締め上げられるその快感に耐えきれず……私は彼の奥深くに、激しく欲望を撃《う》ち込んだ。

桜岡幸次

さすがに世界に名だたるVIPが利用するホテルだけあって、このコテージのバスルームは本当に豪華《ごうか》だった。バスルームっていうよりもここでパーティーでも開けてしまいそうだ。俺の家の一階全体よりも、確実に広いだろう。

床《ゆか》には、群青《ぐんじょう》、青、青緑……とても美しい色合いのタイルで、美しいアラビア風のモザイク模様が描《えが》かれている。

部屋全体は、まるでモスクの礼拝堂みたいなイメージ。アーチを描いた高い天井《てんじょう》の内側は、深いブルー。そこに美しい金色の小さなタイルがちりばめられている。まるで天の川か、宝石のラピスラズリみたいだ。

俺と彼が浸《つ》かっている大きな円形の湯船には、バラの花びらがいっぱいに浮《う》かべられている。

モロッコ名産だと教えてもらった、ダマスク・ローズ。その熟《う》れたピーチを思わせるような甘くて馥郁《ふくいく》とした香《かお》りに……なんだか酔《よ》ってしまいそう。

「ジャンニ……お願いがあるんだ」

俺は、後ろから俺を抱《だ》き締めてくれている彼に囁《ささや》く。

「愛しいお姫《ひめ》様の願いなら、どんなことでも叶《かな》えてあげる。……言ってごらん」

ジャンニは優《やさ》しい声で言って、俺の髪《かみ》にそっとキスをする。

俺は彼を振《ふ》り返り、少し迷ってから、

「あのね……明日の朝、黙《だま》って俺を置いていかないで欲しいんだ」

「……え……？」

俺は向きを変え、彼と向かい合う形になってお風呂《ふろ》の中に正座をする。

「俺がどんなに深く眠《ねむ》っていても、きちんと起こして欲しい」

俺が言うと、彼は少し驚《おどろ》いたように目を見開く。

「受ける側の君の方が、身体《からだ》にかかる負担ははるかに大きいだろう。セックスの後は、とても疲《つか》れているんじゃないのか？　だから起こしてしまったら可哀想《かわいそう》だと思って、今朝も手紙だけ残して出かけたのだが……」

「ううん、大丈夫《だいじょうぶ》だよ」

俺はかぶりを振って、それから彼の顔を真《ま》っ直《す》ぐに見つめる。

「それより……朝起きて、あなたがいなかったことが、寂《さび》しかった」

「……コウジ……？」

「俺との約束より仕事をとったあなたに少しムカついたのも事実だ。だけどそれより……」

俺は、今朝の気持ちを思い出して、ため息をつく。

「……あなたが手紙だけ残して出かけてしまったのが、ちょっとショックだった」

「それは……」

「あなたがものすごく忙《いそが》しいビジネスマンだってわかってる。急な仕事が入ったのなら、それもしょうがない。出かけることとその理由をきちんと話してくれてれば、俺、あんなに怒《おこ》ったりしなかったよ。そんなに子供じゃないよ」

「……コウジ……」

「明日の朝、俺がどんなに深く眠っていてもちゃんと起こして。『行ってらっしゃい』をちゃんと言わせて欲しいんだ。……約束してくれる？」

彼は手を伸《の》ばし、俺の顎《あご》を指先でそっと支える。

そして、すごく愛《いと》おしげな顔で俺を見下ろしてくる。

「約束する」

その美貌《びぼう》、そして息がかかりそうな程の至近距離《きょり》に、俺の鼓動《こどう》がどんどん速くなる。

「出かける時、君をキスで起こす。私に、『行ってらっしゃい』を言ってくれる？」

「うん。頑張《がんば》ってるあなたを、せめて、見送らせて欲しいんだ」

「コウジ、君の恋人《こいびと》になれて、本当に幸せだよ」

彼は愛おしげな声で囁いて、俺の唇《くちびる》にそっと唇を重ね……。

＊

「……コウジ……」

耳をくすぐるのは、甘い囁き。

「……ん……ジャンニ……」

長くて甘い夢を見ていた俺は、唇に触れてきた柔《やわ》らかい物の感触に、ゆっくりと目を覚ます。

「……ん……」

……ああ……彼のキス……。

俺は朦朧《もうろう》としながら、思う。

彼の唇は、俺の唇を優しく包み込む。

彼の逞《たくま》しい腕《うで》は、裸《はだか》のままの俺の身体をそっと抱き締《し》めている。

「……ん、んん……」

チュッと音を立てて、唇が離《はな》れる。

「……おはよう、コウジ」

俺は、肌《はだ》に触れている彼の身体が、裸ではないことに気づく。

指先で彼の肩《かた》を辿《たど》る。彼の身体を包んでいるのは、上等で滑らかな布の感触で。

「……ん……？」

……これは、彼がよく着ている、麻《あさ》のスーツの感触……？

彼がスーツをきちんと着ていることに気がついて、俺はハッと目を覚ます。

「……あ、おはようジャンニ……」

俺が囁くと、至近距離にあった彼の唇がもう一度優しいキスをしてくれたんだ。

俺がジャンニの優しいキスで目を覚ましたのは、八時を回った頃《ころ》だった。

彼は、自分が出かけなければならない時間ギリギリまで、俺が起きるのを待っていてくれたらしい。俺が目を覚ました時には、彼はもうキッチリとスーツを着込んでいたから。

彼は俺に、ランチまでには帰る、一人でもきちんと朝食を食べるんだよ、と言ってもう一度キスをしてくれた。

彼は、見送らなくてもいいから寝《ね》ていなさい、と言ったけれど、俺はどうしても彼を見送って、行ってらっしゃいを言いたくて。

寝ぼけながらバスローブを羽織り、彼とコテージの門の手前まで並んで歩いた。

彼は、門の前で、愛している、行ってくるよ、と囁きながら上手で甘いキスをして。

俺は、行ってらっしゃい、気をつけて、と囁き返しながら、不器用なキスをしてあげた。

俺は、彼が小道の角で見えなくなるまで、手を振って見送った。

そして、甘い気分に満たされながら、内側から門を閉め、鍵《かぎ》をかける。

……なんだか、新婚《しんこん》さんみたい……。

一人で赤くなってしまいながら、中庭を歩く。

この国に来てから、いつの間にか慣れてしまった素足《すあし》。

きちんと刈《か》られた芝生《しばふ》の柔らかな感触《かんしょく》が、足の裏に心地《ここち》いい。

……このコテージの、中庭も、リビングも、ダイニングも……。

俺は、昨夜彼と向かい合っていたテラスチェアに座り、まるで王宮みたいなこのコテージの中を見渡《みわた》す。

……そして、プールも、お風呂も、ベッドルームも……。

昨夜の快感が身体の奥に甦《よみがえ》り、頬《ほお》がふわっと熱くなる。

……この広いコテージの隅々《すみずみ》まで、彼との甘い時間で満たされてしまったみたい。

俺は身体を反らせるようにして、雲一つない紺碧《こんぺき》の空を見上げる。

……写真でしか見たことのなかったこの国が……なんだかすごく好きになっちゃった。

バラの香りを含《ふく》んだ砂漠《さばく》の風が、フワ、と俺の髪を揺《ゆ》らす。

……ああ、このバカンスが、一生続いたらいいのに……。

俺は空を見上げながら、うっとりと思い……お腹《なか》がキュウウッと鳴ったことに真っ赤になる。

「うっ！」

……せっかく柄《がら》にもなくロマンティックなことを思っていたのに！

……なんて格好悪いんだろう、俺？

昨夜は、二人とも、甘い時間に溺《おぼ》れ、夕食のことなんかすっかり忘れていた。

そして、起きたらすでに彼は出かける時間で、朝食どころじゃなかったし。

……そういえば、けっこう、お腹、空《す》いてる。

……ジャンニ、朝食も食べずに飛び出していったけど、大丈夫だろうか？

……まあ、彼の底なしの体力とタフさは、嫌《いや》というほど思い知らされてるけど……？

俺は、一人で赤くなってしまう。それから、テラスチェアから立ち上がる。

……ランチまでまだ時間があるから、何か軽いものでも食べておこうかな？

「……ルームサーヴィスでも取るかなあ……？」

俺は思い、それからダイニングに備え付けられていたルームサーヴィスのメニューに、超《ちょう》高級ホテルらしい豪華《ごうか》なメニューばかりが載《の》っていたのを思い出す。気が遠くなりそうな値段のワインとか、キャビアとか、フォアグラとか。

もちろん、朝から（しかも学生で貧乏《びんぼう》な俺が）そんな物を頼《たの》めるわけがないけど……きっと朝食用にも豪華なブレックファスト・メニューが用意されていそう。

お腹は空いてても、体力のすべてを使い果たしているから……そんな物を運ばれてもとても食べられそうにない。

俺はため息をつき、それから、ロビーフロアにカフェがあったのを思い出す。

……ああいうところなら、フルーツとかもありそう。それとコーヒーでじゅうぶんかな？

俺はカフェに行ってみることに決め、バスローブを脱《ぬ》ぎ捨てて手早くシャワーを浴び、ラフな綿シャツとジーンズに着替《きが》える。

それから、お財布と部屋の鍵だけポケットに入れ、コテージを後にした。

……まさかこの後、あんなことが起きるとは……夢にも思わずに。

＊

「コウジ！」

ロビーを横切っていた俺は、いきなり響《ひび》いた聞き覚えのある声に、驚《おどろ》いて振《ふ》り返る。

「……アシュラフ？」

ロビーの向こう側、フロントデスクの前にいたのは、昨日案内してくれたアシュラフだった。

……どうしてアシュラフがここにいるの？

俺は驚いてしまいながら思う。

……ここと同等のホテルに泊《と》まってるって言ってたな。きっとお金持ちだろうから面白《おもしろ》がって今日からこっちに部屋を取ることにしたとか？

アシュラフは、その悠然《ゆうぜん》とした美貌に似合わない、なんだかすごく動揺《どうよう》した顔をしていた。

「今、君の部屋に電話をつないでもらおうかと思っていたところなんだ」

彼は言いながら、俺のそばに歩いてくる。俺は不思議に思いながら、

「どうかしたんですか?」

彼は眉《まゆ》を寄せて少し考え、それから唸《うな》るような声で、

「君の恋人というのは、あのジャンニ・バスティスなのか?」

いきなり言われて、俺はさらに驚いてしまう。

「……どうして、それ?」

彼はなんだかつらそうな顔でうなずく。

「昨日、君がロビーでジャンニ・バスティスと見つめ合っているところを見てしまった。見るからに熱愛中の恋人同士《こいびとどうし》に見えたよ」

……うわあ……彼に会えたことが嬉《うれ》しくて人目を気にしてなかったから……。

俺は真っ赤になってから、ハッと気がついて、

「どうしてジャンニの顔をご存じなんですか? 経済雑誌とかにたまに出てはいるけど……」

「雑誌で見たわけじゃない。彼は学生時代、スイスにある全寮制《ぜんりょうせい》の学校に通っていただろう?」

「え? あ、はい。そんなことを聞きましたが……」

「俺は、彼の二年後輩《こうはい》だったんだよ。中学校から高校までね」

……昨日偶然《ぐうぜん》に会った人が、ジャンニの後輩だったなんて……！

俺は、アシュラフの顔を見つめながら、なんとなく感動してしまう。

……すごいお金持ちの子息が通うスイスの学校ってそうたくさんあるわけじゃないみたいだからお金持ちらしい彼とジャンニが同じ学校でも、不思議じゃないのかもしれないけど……。

……でも、すごい偶然かも……！

俺は思い、それからハッとする。

……って、感動してる場合じゃないってば！

……彼は、ジャンニが俺の恋人だっていきなり見抜《みぬ》いた。

……ゲイってことが知り合いにばれたら、ジャンニの仕事に悪い影響《えいきょう》が出てしまうかも？

「……ええと、いや、恋人じゃなくて、その……」

俺は、なんとかごまかさなきゃ、と思いながら言う。

「……彼とは、ちょっとした知り合いっていうか……ええと……」

「ごまかしても無駄《むだ》だ。……俺もゲイなんだよ。同類のカップルは一目でわかる」

……ええっ？　彼もゲイ？

驚いている俺の腕《うで》を、彼の大きな手がいきなり摑《つか》む。

「彼はやめろ。ジャンニ・バスティスの恋人でなどいたら、君は不幸になってしまう」

俺は、彼の口から出た意外な言葉に驚いてしまう。

……ジャンニの恋人でいたら、不幸に……？

「学生時代の彼は、優秀《ゆうしゅう》で、スポーツ万能《ばんのう》で、ハンサムで……生徒たちの憧《あこが》れの的だった。厳しい先生方も文句のつけようのないくらいの、完璧《かんぺき》な優等生だったんだよ」

……たしかに、今の彼の様子を見てると、昔から完璧な人だったんだろうなって思うけど。

「だが、優等生というのは表の顔。裏ではたくさんの下級生たちをもてあそんでは捨てていた、とんでもないプレイボーイだったんだ」

「……えっ？」

俺は、彼の言葉にものすごく驚いてしまう。

……もてあそんで、捨てていた……？

「……まさか。あの彼が、そんなことするわけないです」

俺は、昨夜の彼を思い出しながら言う。

彼は本当に俺を愛してくれていて、俺を大切に想ってくれていて……。

「ともかく、俺についてくるんだ。どうせ今日も、彼に置いてきぼりにされたんだろう？」

彼はいきなり俺の腕を引いてエントランスの方に歩き出す。俺は驚いて、

「ち、違《ちが》います！　ジャンニは午前中で仕事を終わらせて、俺とランチを食べる約束をしてくれています！　置いてきぼりにされたわけではありません！」

彼はいきなり顔を曇《くも》らせて、少し考える。それから、

「それなら、十二時までには返す。ともかく俺と一緒《いっしょ》に来なさい」

「だ、だけど……」

「昨日、観光案内をしたお礼をしてくれ。数時間だけ、俺に付き合って欲しい」

「……あ……」

彼の思いつめた様子はなんだかちょっと怖《こわ》かったんだけど……そう言われてしまったら、俺にはもう反論できなかった。

「身分証明のためにパスポートが必要だ。今、パスポートは持っている？」

「え？　いえ、パスポートは、フロントのセキュリティ・ボックスに預けてありますが……」

「それならすぐに取ってきてくれ」

「はあ……あの……どこへ行くつもりなんですか？」

不安になって思わず聞く俺に、彼は眉を上げてみせる。

「俺が、信用できない？」

きらり、と彼の瞳《ひとみ》が光る。

……ああ、昨日あんなに親切にしてくれた彼に、失礼なことを言っちゃったかも……？

「あ、いえ。すぐに取ってきますけど……」

俺は言って、フロントに向かう。

……パスポートが必要って、いったいどこに行くんだろう？

……まあ、イスラム諸国では、すぐパスポートの提示を求められるって聞いたことがあるし……ドライブ中に検問とかがあると面倒《めんどう》なのかな？

俺は思いながら、フロントマンに言ってセキュリティ・ボックスを出してきてもらい、そこからパスポートを取り出して、ボックスをフロントマンにまた返す。

「お出かけですか？」

後ろから話しかけてきたのは、ジャンニがこのホテルのオーナーであること、それに俺がジャンニの連れだってことも知っているはずの、あのゼネラル・マネージャーだった。

彼はなんとなく不思議そうな顔で、俺と、少し離《はな》れた場所にいるアシュラフを見比べている。

「はい。ちょっとだけドライブに。昼には戻《もど》ります」

ゼネラル・マネージャーは一瞬《いっしゅん》何かを言いたそうにし、それから慇懃《いんぎん》に頭を下げる。

「行ってらっしゃいませ。お気をつけて」

「どうもありがとう。行ってきます」

彼に挨拶《あいさつ》をした俺の腕を、近づいてきたアシュラフがいきなり摑む。

「さっさと行こう。あまり時間がない」

言って、俺の腕をしっかりと摑んだまま、エントランスの方に早足で向かう。

彼はとても脚《あし》が長くてストライドも広いから、俺は足がもつれて思わず転びそうになる。

「……あう……っ」

転びそうになった俺の肩《かた》を、アシュラフがしっかりと抱《だ》き寄せてくれる。

「あ、ありがとうございます」

俺が言うと、彼はなんだかすごく苦しげな顔をして俺を見下ろしてくる。

「こんなに素直《すなお》で可愛《かわい》い子がいながら……」

「……え……？」

見上げる俺に、彼はかぶりを振《ふ》ってみせる。

「車の中で話そう。……おいで」

俺は彼に半分抱《かか》えられるようにして、エントランスから出て……。

「……うわ……」

エントランスの正面、車寄せに、ものすごく目立つ真っ白なリムジンが停《と》まっていたことに驚《おどろ》いてしまう。

ドアは開かれていて、そこにはアラブ風の民族衣装《いしょう》（ジュラバっていうのかな？）を来て、カフィーヤを被《かぶ》った運転手さんらしき人が立っている。

リムジンの前後には黒塗《くろぬ》りの車がぴったりとつき、どうやら要人警護らしい黒ずくめのごつい男の人たちが、姿勢正しく待機している。

……うわ、このホテルに、王族の人でも泊《と》まってるんだろうか？

俺はものものしい警備に驚きながら思う。それから車寄せを見渡《みわた》して、

「あれ？　あなたの車はどこですか？」

昨日彼が乗っていた古くて砂だらけの車が、車寄せに見当たらない。

「ホテルの車庫に入れてきた。あれはいわば俺のお出かけ用の一張羅《いっちょうら》なんだ。普段《ふだん》はこのクソ面白《おもしろ》くもない車で移動している」

彼は目の前のリムジンを顎《あご》で示す。立っていた運転手さんはそういう言葉に慣れているようで、キュッと眉《まゆ》を上げて言う。

「クソ面白くもなくて悪うございました。あなたのお父様から、くれぐれも安全運転をと申しつかっておりますので」

「まったく。おまえは執事《しつじ》並みの口うるささだよ。……乗って」

彼は言って、呆然《ぼうぜん》としている俺をリムジンのドアの中に押し込めてしまう。

俺はリムジンの中を見渡して驚いてしまう。

真っ白な革《かわ》が張られた、向かい合わせになったシート。

床《ゆか》には、アカデミー賞の授賞式の時にでも使えそうな真っ赤な絨毯《じゅうたん》。

グラスホルダーには、金色の縁取《ふちど》りのあるいかにも高級そうなクリスタルのグラスがずらりと並んでいる。倒《たお》れないように固定されている大きなシャンパンクーラーは、二十四金？って感じの黄色みを帯びた派手《はで》な金色。アラブ風の模様と、コーランか何かの文句なんだろう、アラビアの文字がそこに刻み込まれている。

車内には、いかにも異国風の、ムスクとジャスミンが混ざったような香《かお》り。

……なんていうか……運転手さんといい、このものすごい内装といい……。

俺はなんだか気圧《けお》されてしまいながら思う。

……いかにも、アラブのオイル・ダラーのリムジンって感じだけど……。

俺は、俺の向かいのシートに滑《すべ》り込んできたアシュラフを見ながら思う。

……この人って、いったい何者……？

「時間がない。急いでくれ」

アシュラフは運転手さんに言い、それから仕切の窓を閉めてしまう。

「あの……」

俺は、アシュラフを見ながら言う。

「……す、すごいリムジンですね」

何を言っていいのか解《わか》らずに言うと、アシュラフは大きなため息をついて、

「ひどい趣味《しゅみ》だろう？」

「あ、いえ、そんなことは……」

図星を指されてたじろぐ俺に、アシュラフは肩をすくめてみせる。

「父親からのプレゼントなので仕方なく乗ってやっているが、本当はさっさと売り払《はら》って、イタリア製のスポーツカーでも乗り回したいんだ」

「さっさと、と言っても……こんなすごいリムジンを買い取れる人なんか、世界中に数えるほどしかいないような気がしますが……」

俺は言い、それから恐《おそ》る恐る、

「あの……聞いてもいいでしょうか？」

「ん？」

「あなたは……本当はどういう方なんですか？　この警備、普《ふ》通《つう》じゃないような……」

俺は、後ろからぴったりとついてくる黒塗りの車を振り返りながら言う。

「父親の命令でつけられているんだ。目障りだが我《が》慢《まん》してくれ。まったく、むさ苦しい男共にゾロゾロついてこられると、たまには抜《ぬ》け出さないと息が詰《つ》まるよ」

彼は肩をすくめて、

「私はザイーディ族という民族の首長の息子で、ザイーディ家の次期総《そう》帥《すい》。ジェイクザイード・ホテル・グループのオーナーでもある」

……ザイーディ家？　ジェイクザイード・ホテル・グループ……？

……じゃあ、彼はジャンニを迎《むか》えに来たっていう大《だい》富《ふ》豪《ごう》の一族の一員だったの？

「仕事でモロッコに来たのだが、警備のあまりの厳しさに嫌《いや》気《け》が差して、こっそりでかけていたんだ。そこで君に出会った」

彼は苦しそうな顔で言う。

「そして、とても惹《ひ》かれてしまった。君の美しさと、その無垢《むく》な内面に。もしも君が許してくれるのならば、最初の妻になって欲しいと思ってしまったくらいだ。もしも無理だとしても後宮に入って欲しい、と」

……後宮……ハーレムってこと……？

俺はスケールの大きさに呆然とし、それから勇気を振り絞《しぼ》る。

「……俺には、ジャンニという恋人《こいびと》がいます。俺と彼とは運命で結ばれています」

俺の言葉を、彼は苦しげに眉を顰《ひそ》めて聞く。

「あの男が、平気で男をもてあそぶような、不誠実な男でも？」

俺はその言葉にドキリとし、それからきっぱりと言う。

「ジャンニは俺の運命の人なんです。そんなこと、信じたくありません」

俺が言うと、彼はいきなりその野性的な顔に怒《いか》りを浮《う》かべる。

「ジャンニ・バスティスは容赦《ようしゃ》ない手口であのグループを大きくした冷酷《れいこく》な男だし、あの男の浮いた噂《うわさ》なら世界中の社交界でいくらでも聞いたことがある」

「ですが……」

「それに、今朝だって見とれるような美人と連れだって出かけていったんだぞ。……君は、それでもいいのか？」

「……え……っ？」

彼の言葉が信じられずに、俺はかすれた声で聞き返した。彼はつらそうな声で、

「昨日、君とバスティスを見た時には、あまりの驚きに声をかけることもできずにホテルに戻ってしまった。一晩考えて、やはり君に一言忠告をしなくては、と思ってこのホテルに来て……今朝、あの男がほかの美人と親しげに出ていくのを見てしまったんだ」

「……ほかの……美人……？」

俺は何も考えられなくなりながら聞き返す。彼はなんだかものすごく苦しそうな顔で、

「しなやかな身体《からだ》と、完璧《かんぺき》に整った顔をした、とんでもない美人だったんだ。しかもふるいつきたくなるほど色っぽい人で……」

言って手で顔を覆《おお》い、つらそうなため息をつく。俺はショックのあまり呆然としながら、

「ジャンニの相手……そんなに美人だったんですか……？」

「ああ。本当に、ものすごい美人だった。美人を見慣れた俺ですら、思わず見とれてしまった」

その言葉が、俺の心に深く突《つ》き刺《さ》さる。

……ジャンニはお金持ちで、すごいハンサムで……。

……だからきっと、俺みたいな平凡《へいぼん》な男より、そういう色っぽい美人といるほうが絶対に似合ってて。

「君のような可愛《かわい》い恋人がありながら、さらにあんな美人にまで手を出すなんて……本当に許

せない男だ……」

俺の脳裏《のうり》に、色っぽい美女と腕《うで》を組んで歩く、ジャンニの姿がよぎる。

……昨夜の甘い言葉も、会議だから出かけるって言葉も、全部が嘘《うそ》だったんだ……。

俺はショックのあまりその場に座り込みそうになる。

……彼が、旅の行き先にモロッコを選んだのは、俺とロマンティックな時間を過ごすためなんかじゃなかった。その美人と、デートをするためだったんだ。

……もしかしたら、今までも……？

俺の心臓が、ズキンと不安に高鳴る。

……彼を信じてたからこそ、出張のために海外に行くのも笑って見送ってきた。

……今朝も、仕事だって言うからキスをして送り出したのに……？

昨夜の彼の優《やさ》しさを思い出して、俺は本気で泣きそうになる。

……もしかして、昨日もその美人とのデートだった？

俺は、まるで監視《かんし》をするかのようにコテージの中にいた、小林さんのことを思い出す。

……秘書の小林さんも、ジャンニとグルだったとか？　俺がどこかで、デート中のジャンニと鉢合《はちあ》わせしたりしないように、ホテルの部屋に引き留めることを頼《たの》まれたとか？

「……ああ……」

俺は両手で顔を覆って、涙《なみだ》をこらえながら震《ふる》えるため息をつく。

「……俺……もう、何を信じていいのかわからない……」

「コウジ、可哀想《かわいそう》に」

彼が言って、俺の髪《かみ》を、その大きな手でそっと撫《な》でてくれる。

「ともかく、今はあの男からいったん離《はな》れて対策を考えた方がいい。君のような純粋《じゅんすい》そうな子は、すぐに丸め込まれてしまうだろうし」

「……いったん、離れてって……あっ」

リムジンが、小さな空港の滑走路《かっそうろ》らしき場所に乗り込んでいたのに気づき、俺はものすごく驚《おどろ》いてしまう。

しかも、滑走路に待っていたのは、なんと自家用ジェット機だった。

俺はジェット機に押し込められてしまうけど、あまりのショックに抵抗《ていこう》もできない。そしてジェット機は飛び立ち、モロッコが小さくなる。

……ああ、俺はどこに連れて行かれるんだろう?

ジャンニ・バスティス

会議はもちろんうまくいき、ドゥバイの高官とも親交を深めることができた。

しかし、一人だけ、最後まで姿を現さなかった男がいた。

アシュラフ・アル・ザイーディ。私のライバルと噂される、ザイーディ財閥《ざいばつ》の次期総帥でジェイクザイード・ホテル・グループの若きオーナーだ。

スイスの寄宿学校に在籍《ざいせき》している頃《ころ》、彼は私の後輩《こうはい》だった。

私も彼も富豪《ふごう》の御曹司《おんぞうし》ということで、学園内の人気を二分していたようだ。

そのせいか、子供っぽいところのあるあの男は、いつでも私に喧嘩腰《けんかごし》だった。

彼の自家用ジェット機はとりあえずモロッコに到着《とうちゃく》してはいたらしい。

彼の父親であるグループの総帥が、今回無理やりに私を呼び出したのは、アシュラフと私を引き合わせて学生時代のわだかまりをなくしてもらおうという意図も含《ふく》まれていたようだ。

……結局姿を現さなかったと言うことは、まだ私に喧嘩を売っていると言うことか？

……まったく、子供っぽい男だ。

この先、アラブ圏内《けんない》で仕事をしようとするならば、ザイーディ家のアシュラフとの親交は欠かせないものになるだろう。

……とりあえず、人前で形だけの握手《あくしゅ》くらいはして、体裁だけは保っておこうと思ったのに。

私は、ため息をつく。

ムハンマド氏は、息子が現れなかったことを平謝りだったし、そのおかげでとりあえず恩も売れたことは売れた。だが、あの、自由奔放《ほんぽう》といえば聞こえはいいが、甘やかされた御曹司のアシュラフと、また会う機会を設けなくてはならないと思うと……とても面倒《めんどう》だ。

……まったく。遊び人だったあの男のことだから、仕事をそっちのけで、美青年でも見つけてデートでもしていたのだろう。

一族の人間たちに甘やかされた王子様であることは昔から知っているので、それに関しては腹も立たなかった。

……ホテルの部屋に残されていた、あの伝言を聞くまでは。

桜岡幸次

見渡《みわた》す限《かぎ》り続く、滑《なめ》らかな砂漠《さばく》。

砂丘《さきゅう》の向こうにいきなり現れたのは、幻《まぼろし》みたいに美しい湖と、その周りのオアシス。

ナツメヤシの林の向こうには、まるで一つの村みたいにたくさんのモザイク模様の巨大《きょだい》なコテージが立ち並んでいるのが見える。

オアシスの周りには、ラクダの群が放してあり、まるで砂漠のキャラバンに紛《まぎ》れ込んでしまったような感覚に陥《おちい》る。

これは、ガイドブックで見た覚えのある……？

「ここ……『ジェイクザイード・デザート・リゾート』？」

「そう。俺のホテルだ。美しいだろう？」

俺は、あまりの景色に、自分の置かれた状況《じょうきょう》も忘れて思わずうなずいてしまう。

そして、目の前の茂《しげ》みから小さなきつね色の獣《けもの》が顔を出し、すぐに逃《に》げていったことに驚く。

「うわ、砂漠に動物が！　じゃなくて犬？」

俺が言うと、彼は楽しそうに笑って、

「ここは自然保護区の中だからね。このホテルの敷地内《しきち》にも野生動物がたくさん出入りしている。今のは、アラビア・キツネだよ」

「キ……キツネ……？」

「ほかに、アラビアン・オリックスやガゼル、鷹《たか》、湖の畔《ほとり》にはフラミンゴもいる」

俺は目を凝《こ》らし、真《ま》っ直《す》ぐの角を持つ白と黒の鹿《しか》のような動物が砂漠に群を作っているのを見つける。湖の畔がフラミンゴらしき鳥で埋《う》め尽《つ》くされ、不思議なピンクに染まっているのも。

「……すごい……これが、ホテル……？」

あまりのスケールの大きさに愕然《がくぜん》とする俺を見て、彼はにっこりと笑う。

「俺のホテルにようこそ」

彼が案内してくれたのは、広大なホテルの一番奥にある巨大なコテージだった。

敷地が広大すぎて、ゴルフ場にありそうなカートで連れて行かれたんだけど……ただでさえ大きく見えたコテージが、近づくにつれてどんどん大きくなるのに驚いた。

白いタイルが貼《は》られた壁《かべ》、ブルーと金色のタイルで細かいモザイク模様が描《えが》かれていて、外国人から見れば、ホテルの部屋というよりは、王宮かモスクみたいだ。

大きすぎて、あまりにも派手《はで》すぎて、見上げるだけで、なんだか冷や汗《あせ》が出て来るみたい。

「……も、ものすごいね……」

「そうかな？　俺が住んでいる屋敷《やしき》と比べると、まだまだ小さいのだけれど。小さい分、内装などには凝っているので楽しいことは楽しいけれどね」

……これが、小さい？　いったいどんな場所に住んでるんだ、この人は……？

彼がコテージの門を開き、俺を中に招き入れた。

部屋の中は、信じられないほど豪華《ごうか》で、俺はあまりの煌《きら》びやかさに目を疑ってしまう。

それは、素敵《すてき》だからと言うよりは……あまりにものすごい趣味《しゅみ》だったことに、だけど。

どこもかしこもアラビア風のモザイク模様と、金色の装飾品《そうしょくひん》。そして派手な赤やマゼンダ色のシルクで飾《かざ》られている。

ジャンニが連れていってくれたあのコテージは、ロマンティックな『アラビアン・ナイト』の世界って感じだったけど……ここはまるでイケナイ王様が住んでいる……？

「うわあ。まさにハーレムって感じ……」

ベッドルームにある何重にも薄布《うすぬの》がかけられた巨大な円形のベッドを見た俺は、思わず正直な感想を漏《も》らしてしまう。

「たしかに。ここは王宮のハーレムのイメージで造られたんだ」

すぐ後ろから聞こえたアシュラフの声に、俺はギクリとして振《ふ》り返る。

彼はそのハンサムな顔に、なんだか獰猛《どうもう》な笑《え》みを浮《う》かべていた。

「ハーレムにぴったりのことをしながら……あの男の到着を待たないか？」

ジャンニ・バスティス

……幸次と、一分でも早く会いたい。

私は走りだしたい気持ちを抑《おさ》えながら、コテージに向かっていた。

腕《うで》の時計を見ると、時間は十一時五十分。

……ランチの時間に間に合ってよかった。

私は思いながら、門を押し開ける。

「コウジ！　帰ったよ！」

中庭に向かって叫《さけ》ぶが、彼の返答はない。

……もしかして、あの後、もう一度寝《ね》てしまったのだろうか？

私は思いながら回廊《かいろう》を歩き、ほかの部屋を覗《のぞ》いて彼がいないことを確かめてから、ベッドルームに向かう。

そして、ベッドで安らかに眠《ねむ》っている彼を思い浮かべて微笑《ほほえ》ましく思いながら、ベッドルームへのカーテンを開く。

「……え？」

そして、天蓋《てんがい》付きのベッドに誰《だれ》もいないことに気づく。

……いない……？

思った時、ベッドサイドのテーブルの上で、伝言があることを報《しら》せる電話のランプが点滅《てんめつ》していることに気づく。

……もしかして、お腹《なか》を空《す》かせてしまって、カフェかどこかでコーヒーでも飲みながら待っているのだろうか？

私は思いながら、電話の伝言再生のボタンを押す。

……きっと、カフェで待っているからすぐに来い、という伝言だろう。

微笑ましく思いながら再生をした私は、流れてきた幸次の声が沈《しず》んでいることにとても驚《おどろ》く。

『……ランチの約束を反故《ほご》にしてごめんなさい』

そして電話から流れてきたその言葉に、愕然《がくぜん》とする。

彼の声はとても硬《かた》く、無感情に聞こえ、いつもの甘い声とはまるで別人のようだった。

『……あなたが俺を愛してくれているのかどうか、自信がなくなったんだ』

……なんだ、それは……？

愕然とする私の耳に、聞いた覚えのある声が届く。

『俺が誰かわかるか、ジャンニ・バスティス？』

……この声……！

それは、会議に結局現れなかった、アシュラフ・アル・ザイーディのものだった。

……どうして、アシュラフと、幸次が一緒《いっしょ》にいるんだ？

『彼を取り戻《もど》したければ、今日中にドゥバイの『ジェイクザイード・デザート・リゾート』まで来い。もし来なければ、おまえの想《おも》い人は俺がもらう』

……なんだ、それは……？

私は愕然と立ちすくみ……それからハッと気がついて受話器を上げる。

そして、ゼネラル・マネージャーに命じて、その電話がどこからだったのか調べさせた。

電話がかかってきた場所は、たしかにドゥバイ。

そして、そこにあるジェイクザイード・グループが所有するホテル、『ジェイクザイード・デザート・リゾート』からだった。

……二人は、本当にそこにいる……。

……いったい、どうして……？

私は愕然と立ちすくみ……それから、こうしている場合ではないことに気づく。

……ドゥバイに、行かなくては……！

私は、部屋に戻っているであろう小林に電話をかけ、ドゥバイに行くことを告げる。

……どんなことをしても、幸次を無事に取り戻さなくては！

＊

秘書の小林は、自分も同行すると言い張り……私と彼は、一番近くにあったバスティス家所有の自家用ジェットで、ドゥバイに飛んだ。

……そして。

巨大《きょだい》なモスクのように見えるメインコテージの前に立った私は、遠くに見える湖と、その周りのオアシス、そして豪華なコテージ群を見渡《みわた》す。

『ジェイクザイード・デザート・リゾート』は、世界中のVIPがお忍《しの》びで訪れる、超《ちょう》高級リゾートホテルで、五つ星を超《こ》えた七つ星のホテルと言われている。

私がドゥバイに持っている最高級五つ星ホテル（私のホテルも七つ星と言われている）『オアシス・オブ・ドゥバイ』の唯一《ゆいいつ》のライバルと言われているホテルだ。

……一度訪れてみなくてはと思っていたが……。

私はホテルを見つめながら、拳《こぶし》を握《にぎ》りしめる。

……こんなふうに来ることになるとは。

私は、アシュラフ・アル・ザイーディの陽《ひ》に灼《や》けた顔を思い出して、怒《いか》りに震《ふる》える。

……どうやって幸次と知り合ったのかは謎《なぞ》だが……。

……幸次があんなに沈んでいたのは、あの男に何かを吹《ふ》き込まれたからに違《ちが》いない。

……そして、もしかしたらそのまま……？

「……もしも、コウジがすでに襲《おそ》われてしまっていたらどうすればいい？」

思わずこう呟《つぶや》く私に、いつのまにか後ろにいた秘書の小林が珍《めずら》しく優《やさ》しい声で言う。

「幸次さんはきっと、あなたのことを誤解して落ち込んでいただけです。それに幸次さんが誰かの思い通りにされるような弱い方だとは思いません」

私はため息をつき、心を奮い立たせる。

「私はアシュラフの部屋に乗り込む。君は自分の部屋を取り、ゆっくりしているといい」

「私もお供します」

あっさり言われた彼の言葉に、私は驚いてしまう。

「いや、君まで来る必要はない」

「今回の件には私にも責任があります。どうか……」

連れていってください、という顔で見上げられて、私はうなずく。

「わかった。行くか」

私と彼は広大なロビーに足を踏《ふ》み入れ、このホテルのゼネラル・マネージャーを呼び出す。

ザイーディ・グループの中でもかなりの発言権を持つ彼は、私がバスティス家の人間で、しかもオーナーのアシュラフの昔なじみであることを知っている。

「バスティス様！　ドゥバイへようこそ！」

彼は驚いたような顔で私に歩み寄ってくる。私は、無理やり平静な声を出して、

「アシュラフはもう到着《とうちゃく》した？　黒髪《くろかみ》の少年は一緒だったかな？　彼らと、部屋で落ち合う約束をしているんだが」

「ええ、すでにご到着です。黒髪の方、サクラオカ様もご一緒でした。今、電話でバスティス様がご到着なさったことをお知らせしますので……」

にこやかに言う彼の言葉を、私は手を上げて止める。そして小林を示して、

「彼がどうしても会いたいと言っていた友人を連れてきた。知らせずに突然《とつぜん》部屋に行って、アシュラフを驚かせたいんだよ」

「ですが……」

ホテルマンらしく顔を曇《くも》らせた彼の肩《かた》を、私はポンと叩《たた》いてみせる。

「君が一緒に来てくれればいい。このホテルのいたるところに武装したアシュラフのSPが潜《ひそ》んでいるだろう？　私たちが何か不審《ふしん》な動きをしたら、彼らに『撃《う》て』と命令してくれていいから」

私が言うと、小林は改めて驚いたように眉《まゆ》を上げ、興味深げに辺りを見回す。

本物の観光客ももちろん多いだろうが……ソファで英字新聞を読んでいるやけにごつい男や、目つきの鋭《するど》すぎるベルボーイはきっと拳銃《けんじゅう》を持ったSPだろうし、電話ボックスでわざとらし

く電話を続ける民族衣装《いしょう》姿の男に至っては、ジュラバの下にマシンガンを携行《けいこう》しているに違いない。

……本当なら無理やりにでも警備を突破《とっぱ》したいところだが、幸次の所にたどり着く前に蜂《はち》の巣にはなりたくないからな。

思いながら小林に視線を送ると、小林も同じことを思っていたらしく小さくうなずく。

「まさか、バスティス家のジャンニ様を、このホテルの中で撃てるわけがないじゃないですか。ドゥバイとイタリアの間に戦争が起こってしまいますよ」

ゼネラル・マネージャーは楽しそうに冗談《じょうだん》めかして言うが、彼の目は笑っていない。

絶大な権力を持つザイーディ家とバスティス家の間に抗争《こうそう》が起これば、そのまま国同士の戦争になっても本当におかしくないからだ。

「本当にそうだ。だが、幸いなことに、私とアシュラフは学生時代からの仲のいい友人だ」

私は言って、ゼネラル・マネージャーににっこり笑ってみせる。それから声をひそめて、

「……できれば、早く案内してくれないか？　あの彼は、アジアのさる国の高貴な生まれの方だ。もしも彼に失礼なことがあったら、さらにやっかいな国際問題になるよ？」

小林を示しながら言うと、ゼネラル・マネージャーはとても慌《あわ》てたように、

「わ、わかりました。すぐにご案内しますので」

慇懃《いんぎん》に笑って、自らが前に立って、宿泊棟《しゅくはくとう》の方に向かう。

ロビーの下には、電動のカートが待っていた。

「歩きではお部屋まで行くのに三十分はかかってしまいます。こちらへどうぞ」

彼は言って私たちをカートに先導して後ろの席に座らせ、自らも助手席に座る。

これもSPにみえるごつい男にアラビア語で何かを命じ、カートは小道を走りだす。

「あちらのザイード・スウィートに、アシュラフ様はいつもご宿泊です」

彼は、遥《はる》か遠くにそびえる、ひときわ大きなコテージを指さす。

私は戦慄《せんりつ》しながら、そのコテージを見つめる。

……なんとしても、無事に彼を取り戻さなくては。

カートがスウィートの門の前に停《と》まり、私と小林は、その巨大な金色の門を見上げる。

……この中に、幸次がいる……。

ゼネラル・マネージャーが、コテージの門に付いているインターフォンで、中にいるらしい使用人と話をしている。

……もしかしたら、今まさにこの瞬間《しゅんかん》にも、あの男に奪《うば》われてしまうかもしれない……。

私は拳を握りしめ、必死で衝動《しょうどう》に耐《た》える。

「……社長。門が開いたら、ご自由に」

小林が日本語で言って、後は私に任せてください、という顔でうなずく。

中から鍵《かぎ》を開ける音がして、眠《ねむ》そうな顔の使用人が姿を現す。

「ええと……今、アシュラフ様を呼んでまいりますので……あっ！」

私はもう我慢《がまん》できずに、彼を押しのけて門の中に飛び込んだ。

「コウジ！　無事か？」

「待ってください、勝手に入られては……っ！」

「社長とアシュラフ氏は約束がおありなのです！　ですから……！」

使用人やゼネラル・マネージャーを、小林が足止めしてくれているのが聞こえる。

「コウジ！　どこだ、コウジ！」

私は叫《さけ》びながら、広大な中庭を走り抜《ぬ》け、ベッドルームらしい場所に飛び込んだ。

とても趣味《しゅみ》が悪く、とても広いその部屋の奥にあるベッドに……人影《ひとかげ》があるのを認める。

ベールが幾重《いくえ》にもかかった、円形の天蓋《てんがい》付きのベッド。

ベールの向こう、ベッドの上に横座りになっている人影は、まちがいなく私の愛する幸次だ。

……だが……？

私は幸次の姿を見て、愕然《がくぜん》と立ちつくす。

幸次は、いつものカジュアルな彼とは、似ても似つかない格好をしていた。

足下《あしもと》には、先の尖《とが》ったアラブ風のサンダル。

しなやかな足を包むのは、シルクで作られたブルーに金の模様のあるハーレムパンツ。

彼の細い腰《こし》に締《し》められているのは、幅《はば》の広い金色のサッシュベルト。

そして上半身には、『アラビアン・ナイト』に出てくる王子が身につけているような豪華《ごうか》な縫《ぬ》い取りのされた、丈《たけ》が短く、前が開いたままの小さなベスト。

彼の色っぽい両方の胸だけはかろうじて隠《かく》れているが、しなやかな腕《うで》や、平らな腹、そして小さな臍《へそ》までがむき出しになってしまっている。

そして、彼の胸元や手首には、まるで自分の所有物であることを示すような、純金のネックレスやバングルがいくつも下げられている。

「……ジャンニ……」

薄《うす》いベールの向こうから、幸次がかすれた声で囁《ささや》く。

頬《ほお》を染め、目を潤《うる》ませた彼は、気が遠くなりそうなほどになまめかしく見えた。

「……コウジ……」

私の全身から、血の気が引いていく。

……アシュラフは生粋《きっすい》のゲイで、しかも美青年に目のない遊び人だ。

……こんなに色っぽく、こんなに美しい彼を見て、我慢ができるわけがない。

私は怒《いか》りに目が眩《くら》みそうになりながら、幸次と私を隔《へだ》てる幾重ものベールをひとまとめにして摑《つか》む。力を入れて引くと、それは、高い音を立てて一気に裂《さ》けた。

「……ジャンニ……迎《むか》えに来てくれたんだ……？」

幸次の唇《くちびる》から、今にも泣きそうなかすれた声が漏《も》れた。

「あの男に、何かされた?」

私が聞くと、幸次はつらそうに眉を寄せて、私をみつめる。

「……あなたには、もう関係ないだろ?」

「……コウジ……?」

彼の唇が震《ふる》え、その目にふわりと涙《なみだ》の粒《つぶ》が盛り上がる。

……幸次が泣いている……!

私は後頭部を殴《なぐ》られたような衝撃《しょうげき》を受ける。

……ということは、彼は、すでにあの男に……?

幸次は拳《こぶし》を握《にぎ》りしめて、私を睨《にら》み上げる。

「仕事って嘘《うそ》をついて、誰《だれ》かとデートしてたくせに! ここに来たのだって俺が心配だからじゃなくて、ライバルに俺を取られるのが悔《くや》しかっただけなくせに!」

「……え……?」

彼の意外な言葉に、私は驚《おどろ》いてしまう。

……デート? なんのことだ……?

「誰かとデートというのは、どういうことだ?」

幸次の目から、涙の粒がキラキラと零《こぼ》れ落ちた。

「だって、アシュラフが見たって言ってた! 今朝、あなたは絶世の美人と一緒《いっしょ》にホテルを出

ていったって！」

私は一瞬呆然《ぼうぜん》とし……それから激しい怒りを覚える。

……あの男……そんな嘘をついて、幸次を動揺《どうよう》させて……？

「そんなことは嘘に決まっているだろう？　私は……！」

「嘘ではない！」

後ろから私の言葉を遮《さえぎ》ったのは、聞き覚えのある声。

彼の顔を最後に見たのは、某国《ぼうこく》で行われたパーティー。五年ぶりだ。

五年ぶりの彼は、相変わらずの色男で、そしていかにも遊んでいそうな軽い男に見える。

「……アシュラフ……」

私は振《ふ》り向いて、憎《にく》い男の顔を睨み付ける。

「……おまえを、絶対に許さない……」

「何が許さない、だ！」

アシュラフは私に負けずに怒《おこ》った顔で叫び、

「恋人《こいびと》を迎えに来るのにも、あの美人を連れてくるなんて！　人を馬鹿《ばか》にするのもいい加減にしろ！」

「……その人を連れてきた？　信じられない……！」

幸次が、愕然とした声で呟《つぶや》く。

なんのことだか解《わか》らずに目を見開く私の前で、アシュラフは廊下《ろうか》に向かって手招きをする。

「この男に誘惑《ゆうわく》されたのであろう君には、罪はない。だが、少しだけ来てくれないか？」

彼に招かれて、部屋に入ってきたのは……。

「今朝、ジャンニと一緒に出かけたのは、彼だ！　恋人である君を放り出して、この男は、こんなに色っぽい、絶世の美人とデートをしていたんだぞ、幸次！」

アシュラフは勝ち誇《ほこ》ったような顔で、一人の青年を指さしている。

そこに立っていたのは、あきれ果てた顔をした……小林だった。

「ジャンニが一緒にいた絶世の美人って……」

幸次が、呆然《ぼうぜん》とした声で呟く。

「……その人の、こと？」

「そうだ！　まるで女神《めがみ》のような美人だろう？　こんな絶世の美人と片手間に浮気《うわき》をするなんて、人間として許されないぞ！」

私はまだ呆然としたままで幸次を振り返る。

「コウジ……では、君は無事なのか？　その衣装《いしょう》は……」

幸次も、呆然とした顔でうなずいて、

「え？　ああ……アラビア風の衣装がたくさんあったから、二人でファッションショーをして遊んでただけだよ。エッチなことなんかされてない」

幸次の言葉に、私は本気でホッとして、深いため息をつく。

「……君が無事で、本当によかったよ」

「俺も……」

幸次は涙を拭《ぬぐ》い、それからにっこりと笑いかけてくれる。

「……あなたが浮気したっていうのが、間違《まちが》いで、本当によかった……」

アシュラフは、私と幸次の会話を聞いて、とても驚いた顔になる。

「どういうことだ？　ジャンニ・バスティスは、こんな美人と浮気を……」

「浮気はしておりません」

小林の冷静な声が、アシュラフの言葉を遮った。

「……え？」

驚いたように振り向くアシュラフを、小林がいつもの怜悧《れいり》な目で睨み上げる。

「私は、バスティス社長の専属秘書です。仕事の時、社長と秘書である私が一緒に出かけるのは当然です」

「こんな絶世の美人が、バスティスの、秘書っ？　じゃあ、浮気というのは俺の早とちりだったのか？」

アシュラフの間抜《まぬ》けな叫《さけ》びに、私たち三人は揃《そろ》ってため息をつく。

……まったく、なんて男だ……！

「ジャンニ」

幸次が、涙を浮《う》かべた目で、私を見上げてくる。

「バカなことをして、あなたに心配かけてしまった。怒ったなら俺をぶってもいいよ」

私は、かぶりを振ってみせる。

「君は、アシュラフの勘違《かんちが》いのせいでショックを受けていただけだ。君が謝ることはない。今回のことはすべてあの男の責任だ」

「……ジャンニ……」

「ねえ、君！　そんなに色っぽいのにこんな男の秘書だなんて！」

抱《だ》き合おうとしていた私たちは、アシュラフの声に気をそがれる。

「社長室で、いやらしいことをされたりしていないか？」

小林の端整《たんせい》な顔に、怒りがよぎる。

「君に惚《ほ》れた。君は美しい。こんな男のもとで働かないで、うちの会社においで」

アシュラフが馴《な》れ馴れしく彼の手を握ろうとした時……小林の怒りが爆発《ばくはつ》した。

ピシッ！

小林の手は、アシュラフの頰《ほお》を平手打ちしていた。

目を丸くする私と幸次の前で、小林は、誇り高《たか》く叫んだ。

「あなたのせいで、社長と幸次さんが苦しんだんです！　ヘラヘラと男を口説く前に、まずは謝りなさい！」

アシュラフは学生の頃《ころ》から皆《みな》に憧《あこが》れられ、しかし心のどこかで恐《おそ》れられていた。なんと言っても彼は、アラブの獰猛《どうもう》な一族をまとめる首長の息子でもあるのだ。

……きっと、こんなふうに誰かに手を上げて叱《しか》られることなど、初めてだったろう。

アシュラフは呆然とし……それから急に神妙《しんみょう》な顔になる。

「ごめんな、コウジ。君を悩《なや》ませてしまって」

まるで叱られた小学生のように謝るアシュラフに、幸次はあきれたような可笑《おか》しいような複雑な顔をして言う。

「最初は助けてもらったんだし、彼の気持ちがわかったのはアシュラフのおかげだから」

幸次は小林を振り向いて、

「小林さんも、ありがとう。俺のために怒ってくれて……え……？」

幸次は驚いたように言葉を切《くず》る。

いつも冷静な顔を崩さない小林が、なんと、立ちつくしたままでハラハラと涙を零していた。

「こ、小林さん？　どうかしたの？」

「最初にあなたがホテルを抜《ぬ》け出したのは、私の監督《かんとく》不行き届きです。私が幸次さんときちんとコミュニケーションが取れていれば、あんなことにはならなかった」

小林が、いつもの彼とは別人のようなかすれた声で言う。

「きっと、すべての責任は自分にあります」

彼は涙《なみだ》を流しながら、私と幸次に向かって頭を下げる。

「申し訳ございませんでした」

……ずっと無表情を保ったままで、小林は、ずっと自分を責めていたのか……。

……いつもクールで優秀《ゆうしゅう》だと思っていた小林が、弱みを見せるところなど、ましてや涙を零すところなどもちろん初めて見た……。

呆然とする私と幸次の脇《わき》で、アシュラフが呟いた。

「……ああ……なんて美しい涙だろう。彼がきっと、俺の運命の人だ」

……なんだと？

私と幸次は、思わず顔を見合わせる。

アシュラフは、ゆっくりと泣いている小林に歩み寄る。

「君に……本気で惚れてしまった」

彼は手を伸《の》ばし、小林の身体《からだ》を抱き締《し》めようとする。

「俺の求愛を受けてくれ。そうすれば、どんな贅沢《ぜいたく》でも思いのままだよ。そうすれば、こんな男の許《もと》で働く必要などなくなるわけだし……」

抱き締められそうになった小林が、ハッとしたように顔を上げ……。

ビシッ！

小林の手が空にひらめき、アシュラフの頰が、また高い音を立てて鳴った。

「……うわ……痛そう……」

幸次が自分まで痛そうな声で呟く。

「この私に、気安く触《ふ》れないでください」

小林が、縁《ふち》無し眼鏡《めがね》の向こう側の目を、キラリと光らせながら言う。

「私は、恋愛《れんあい》になど興味はありません」

いつもの通りに冷たく言い放った小林の顔は、しかし……。

「……あれ？」

私は思わず小さく声を上げる。幸次が不思議そうに見上げてくる。

「いや……今までまったく意識したことがなかったのだが……」

どんな時でも冷静で声を荒《あら》らげたことなどない小林が、今はとても怒《おこ》ったように、隙《すき》あらば抱き締めようとしてくるアシュラフを撃退《げきたい》している。

人形めいた顔をますます作り物のように見せている彼の白い頰が、今だけはほんの微《かす》かに染まっているように見えた。

「コバヤシは……実はあんなに美人だったんだな」

「なんだよ、それっ！……この浮気《うわき》者っ！」

幸次が怒ったように言い、いきなり私の手をギュウッとつねってくる。

「い……痛いよ、コウジ。まあ、嫉妬《しっと》してくれている君も、とても可愛《かわい》いけれど」

私は思わず笑ってしまいながら、彼の手を握《にぎ》る。

「……行こう。やっと二人のバカンスの始まりだよ」

桜岡幸次

全開にした窓から吹《ふ》き込んでくるのは、アラビア湾《わん》の潮風。

「……すっごい、何あれ……っ？」

俺は、窓から見える景色に呆然《ぼうぜん》としながら叫ぶ。

「……島の上に、ホテルが建ってるっ！　しかもあれ、もしかして人工の島？」

「ああ。アラビア湾に島を造り、その上に二百二十二メートルあるホテルを建てた」

彼は紺碧《こんぺき》の海に浮かぶ、美しい純白のホテルを指さしながら言う。

「あれが私のホテル、『オアシス・ドゥ・ドゥバイ』だ」

俺は、そのスケールの大きさに呆然としてしまう。

広大なロビーに入って行った俺とジャンニを、このホテルのゼネラル・マネージャーが飛び出してくるようにして迎《むか》えてくれた。

「ようこそ、バスティス社長！　数時間前に、モロッコの『ジュエル・オブ・マラケッシュ』のゼネラル・マネージャーから連絡《れんらく》がありまして、お待ちしておりました！」

「『ジュエル・オブ・マラケッシュ』のマネージャーから？」

ジャンニが、不審《ふしん》そうに眉《まゆ》を顰《ひそ》めて言う。

「たしかに、ドゥバイに行く用事ができたのでチェックアウトしたい、とは言ったが……」

ゼネラル・マネージャーはとても嬉《うれ》しそうに、

「あなたが最初にモロッコにご到着《とうちゃく》になった時から、噂《うわさ》は広まっておりましたよ！　アラブ諸国のために貢献《こうけん》なさっているバスティス家の方をお迎えするのは、我々の誇《ほこ》りですからね！」

「その噂はどこから？　まさか、それも……？」

「『ジュエル・オブ・マラケッシュ』のゼネラル・マネージャーと、メインダイニングのシェフからです！　到着なさる一週間前から、『バスティス社長がモロッコにいらっしゃる』とマネージャーは大喜びで言いふらしておりましたから」

ジャンニは目を丸くして、それから深いため息をつく。

「……だからあんなにタイミングよく、ザイーディ一族の人間が現れたのか……」

……俺たちが到着した時から、すでに知れ渡《わた》ってたんだな……。

俺はなんだかジャンニが気の毒になりながら思う。

……たしかにあのゼネラル・マネージャー、口が軽そうだったし……。

「彼には厳重に注意をしよう。……君にも言っておく。私がここに来たことを誰《だれ》にも口外しないように。わかったね？」

ジャンニが言うと、ゼネラル・マネージャーは慌《あわ》てたように姿勢を正して、

「あ、はい！　これ以上は口外しませんので！」

「これ以上は……？」

ジャンニは絶望的な声で呟《つぶや》き、それから厳しい声で、

「もしも私が泊《と》まっているかと訪ねてくる人間がいたら、断固として『いない』と答えてくれ。もしもそれがこの国の王族と関係している人々であっても」

「ええっ？　ザイーディ一族の方々でも、ですか？」

「相手がザイーディだったらなおさらだ！　絶対にいるとは答えるな！」

ジャンニは拳《こぶし》を握りしめて叫《さけ》び、それから気を取り直すように咳払《せきばら》いをする。

「ああ……最上階の『アラビアンナイト・スウィート』は空いているか？」

「はい、もちろん空けてあります！」

ゼネラル・マネージャーは得意げに一本の鍵《かぎ》を差し出す。

大きな房飾《ふさかざ》りが付いた金色の鍵。大きくて、古風な形で、王宮の秘密の門の鍵みたいだ。

「ベルボーイを呼びましょう。すぐにご案内を……」

「必要ない」

ジャンニは彼の手からその大きな鍵を取る。それから俺の方を示して、

「彼はアドバイザーで、私と彼は、これから極秘《ごくひ》の会議をしなくてはならない。こちらから呼

ぶまで、ルームクリーニングを含《ふく》めて、誰もフロアに近づけさせないように。……いいね？」

ジャンニの言葉に、ゼネラル・マネージャーは張り切った顔で、はい、と答えている。

……ちょっと傍迷惑《はためいわく》で調子がいいところもあるけど……。

俺はジャンニに肩《かた》を抱《だ》かれて、エレベーターに向かって歩きながら思う。

……親切で、楽しい人たちなのかも……？

ペントハウスの専用エレベーターは、ガラス張りになっていた。

ジャンニが鍵を入れて回すと、エレベーターは扉《とびら》を閉め、高速で上昇《じょうしょう》し始める。

「……う、わあ……っ！」

見渡《みわた》す限りのアラビア湾がみるみる目の前に広がり……ものすごく綺麗《きれい》だった。

まるで劇場の入り口みたいなエレベーターホールの向こうには、大きな両開きのドア。

ドアは美しい金色でできていて、コーランか何かかな？　アラブ風の文字がびっしりと彫《ほ》り込まれている。

ジャンニはポケットから鍵を出し、それを鍵穴に差し込んで回す。

ガシャリ、という金属音がして、ジャンニが片手で押すと、ドアは内側にゆっくりと開いた。

「……ぐわっ……」

俺はドアの向こうに広がった光景を見て、驚《おどろ》きのあまり妙《みょう》な声を出してしまう。

「……何ココ？……宮殿《きゅうでん》？」

二階層……というよりは普通《ふつう》の建物の三階層くらいになりそうな、高い天井《てんじょう》。

白と黒、そして臙脂《えんじ》色の大理石を組み合わせてモザイク模様が描《えが》かれた、滑《なめ》らかな床《ゆか》。

金色の真鍮《しんちゅう》で飾り模様がつけられた、大理石の大きな柱。

天井から下がっているのは、やっぱり金色の真鍮とクリスタルで作られたシャンデリアだ。

俺はエントランスホールのものすごさに目を奪《うば》われ……それから開いたままになっていたすぐそばのドアの中に目を奪われる。

奥は広い部屋になっていて、その向こうは天井までのガラス張りになっていて、その向こう側に広大な海と空が広がっていたんだ。

「この部屋、入って、いいの？」

俺が言うと、ジャンニは少し驚いた顔をしてから、もちろん、と言う。

「……すっごい景色……！」

開いたままのドアから思わず中を覗《のぞ》いた俺の目の前に、この景色が広がってしまったんだ。

部屋はものすごく広くて、俺の家全体の建坪《たてつぼ》よりも絶対に広い。

シックなペルシャ絨毯《じゅうたん》が敷《し》かれたフロアには、豪華《ごうか》なソファセット。

その向こうにはすごく機能的そうな大理石を使った豪華なキッチンと、十人くらいで食事ができそうな立派なダイニングセットが見える。

ベッドルームへ続くらしいドアが見えて、俺はちょっと赤くなってしまった。

この窓から見下ろせる景色は、半分が陸、半分が海。

真っ白なビーチと、鮮《あざ》やかなコバルトブルーのアラビア湾のコントラストが、この世の物とは思えないほどに美しい。

上空に広がる空は、海と同じ鮮やかなコバルトブルー。地平線近くがうっすらと白くけぶっているのは砂漠《さばく》の砂が舞《ま》い上がっているせいだろうか？

「気に入った？　ここからの景色を得るために、わざわざ島を造ってホテルを建てたんだ」

後ろから声がして、俺の両肩がそっと彼の手に包まれる。

彼に触《ふ》れられるのには慣れたはずなのに、こうして触れられるだけで、俺の心臓は、トクン、と熱く高鳴ってしまうんだ。

「……うん。ものすごい。ここが世界一リッチなホテルって言われても、うなずけるよ」

「それならよかった」

彼が言って、後ろから俺の身体《からだ》をそっと抱き締《し》める。

「モロッコのあのホテルにするか、ドゥバイのこのホテルに来るか、最後まで迷ったんだ」

「いきなり俺を飛行機に乗せちゃったアシュラフって人には、そうとう驚いたけど……」

俺は、最後に見た、彼と小林さんが本気でやりあう姿を思い出して笑ってしまう。

「……そのせいで両方来ることができて、その点ではラッキーだったかなあ」

「私にとっては、笑いごとではなかったのだが？」

ジャンニは脱力《だつりょく》し、俺の耳元でため息をつく。

「アシュラフは、学生時代から『暴走気味のオイル・ダラーのダメ坊《ぼっ》ちゃま』として有名だった。寮《りょう》の部屋のインテリアをすべてアラブ風にしてしまったのはまだしも……勝手に職人を呼んで風呂《ふろ》までアラブ風にリフォームしようとしたり、ディナーを毎晩フランスの有名レストランから空輸させようとしたり、自分がスキーの練習をするためにスイスの山を一つ、まるまる買い取ろうとしたり……寮長だった私には、一番の悩《なや》みの種だったよ」

「彼は問題児で、あなたが止めようとしてた？」

俺が振《ふ》り向くと、ジャンニはうんざりした顔でうなずく。

「彼の暴走は先生方ですら止められなかった。彼の暴走を止める役目は私が担《にな》っていたんだよ。そのために彼の恨《うら》みも買ったようだが？」

何か言われたんだろう？　という顔で見下ろされ、俺は、

「ええと……下級生に手を出しては捨ててた遊び人、とかなんとか……」

「それを信じたのか？」

あきれた声で言われて、俺は赤面する。

……たしかに、いろいろあって落ち込んでたとはいえ、ハンサムな顔に似合わず禁欲的で、けっこう一途《いちず》なジャンニの性格を考えればそれはやっぱりあり得ないよなあ……。

「ご、ごめんなさい。あなたみたいな顔なら学生時代から絶対モテてただろうし、つい……」

言うと、ジャンニは深いため息をついて、

「告白は数え切れないほどされたが、誰とも深い関係になったことなどなかったよ。私はバスティス家の総帥《そうすい》になるための勉強で頭がいっぱいだったしね」

その言葉に、俺はなんだかすごくホッとする。

……そうだよな、ジャンニを疑った俺が、バカだったんだ。

「それに、遊び人と言えばアシュラフの方が絶対に遊び人だったぞ。アシュラフの部屋には見た目が綺麗な学生たちがいつでも集っていて『王子様のハーレム』と呼ばれていたし」

「ええっ？」

「たまに、ハーレムを抜《ぬ》けて私に告白をしに来る学生がいたりしたので……それでまた彼の恨みを買ったのだろうな」

「うう〜ん、開けっぴろげで、妙に正義感が強くて、彼も悪い人じゃないとは思うんだけど……」

俺はまたアシュラフと小林さんの姿を思い出しながら言う。

「小林さんみたいに潔癖《けっぺき》そうな人に迫《せま》るには、そのいい加減な性格じゃ前途《ぜんと》多難って感じ」

「まあ、似合いと言えば似合いだが」

「……ん、まあね」

「それより」

ジャンニは後ろから俺の首筋に唇《くちびる》を押しつけて、

「部屋の中を案内する。このままでいたら、部屋を見る前に襲《おそ》いかかってしまいそうだよ」

「……ジャンニったら！」

俺は赤くなりながら、振り返る。

「そういうことばっかり言うと、エッチおあずけにするぞ！」

「わかった、わかった」

ジャンニは両手を上げて降参のポーズをとってから、ふいに可笑《おか》しそうに笑う。

「なんとなくコバヤシに似ていたぞ、今の顔？」

「これからは俺、小林さんを見習おうかな？　触《さわ》られるたびに、ピシンって……」

「勘弁《かんべん》してくれ。アシュラフが少し可哀想《かわいそう》になってきたな。……おいで」

彼は俺の肩《かた》を抱《だ》いて、部屋の中を歩きだす。

「このホテルでは、部屋はすべてメゾネット方式になっている」

「メゾネット方式って、一人暮らししてる友達から聞いたことがあるな。……ああ、寝室《しんしつ》にロフトがついてるとか？」

「そうではなく、二階建てという意味だ」

「二階建て？」

「このホテルでは、ワンフロアに一部屋が基本。そしてメゾネット方式ということは……一部屋がツーフロアを占有《せんゆう》していると言うことだよ」

「はあっ？」

俺はその言葉に呆然《ぼうぜん》としてしまう。

「ワンフロアって……このホテル、メチャクチャ大きかったけど……」

俺は、この部屋を見回しながら不思議に思う。

今いるこの部屋も、ものすごく広くて豪華だ。だけど、この巨大《きょだい》なホテルのワンフロアを占《せん》領《りょう》しているにしてはあまりにも狭《せま》すぎる。

……もしかして、ベッドルームがめちゃくちゃ広いとか？

……だけど、それも不自然な……？

「君が入って来たこの部屋は、私たちが泊《と》まるための部屋ではなく……」

ジャンニが唇に苦笑《くしょう》を浮《う》かべながら言う。

「警備のSPたちが寝泊《ねと》まりするための部屋だよ」

「えええっ？　SPさんたちがっ？　こんな豪華な部屋にっ？」

「隣《となり》にはもう少し広い、使用人たちが使う部屋。その隣にはもう少し豪華な、執事《しつじ》が使うための部屋があるよ。……今回は二人きりの静かな旅だから、空き部屋になるけれどね」

彼が俺の肩を引き寄せて、俺の髪《かみ》にチュッとキスをする。

「ええと。仕事の時はもちろん一人、もしくは小林さんだけ連れて移動しているみたいだけど

「……使用人さんを引きつれてここに来たこととかもあるの？」

恐《おそ》る恐る聞くと、ジャンニは嫌《いや》そうな顔でうなずいて、

「一年に一度、義務としての旅行がある。去年の暮れにはこのホテルの半分のフロアを貸しきりにして、バスティス一族が集まった。その時には使用人たちもゾロゾロついてきて使用人部屋が満員になったよ。まったくあの旅行を思い出すだけでうんざりする」

彼は言って顔を手で覆《おお》い、深いため息をつく。

……うわ、やっぱり、この人とは育った世界が全然違《ちが》うぞっ！

……なんだか俺の想像を遥《はる》かに超《こ》えてるって感じっ！

「……おいで」

彼は、俺の手を引いて、部屋から広大なエントランスホールに出る。

廊下《ろうか》の両側には、使用人さんや執事さんが使う部屋、洗濯《せんたく》室やアイロンがけのための部屋、そして最後にレストランのそれみたいな広い厨房《ちゅうぼう》と、大きな配膳《はいぜん》室があり……そこで廊下は天《てん》井《じょう》までの両開きの、巨大なドアに遮《さえぎ》られた。

「ほかのフロアのゲストルームは、オイル・ダラーたちのためにかなり華美《かび》に造ってあるが」

ジャンニはそこに手を掛《か》け、ゆっくりとそれを押し開ける。

「私が使うこの部屋だけは、ほかの部屋よりも落ち着けるように設計させたんだ」

「……あ……格好いい……」

床《ゆか》は、ブルーを基調にした繊細《せんさい》なモザイク。そして天井と壁《かべ》は味のある渋《しぶ》い色の木材。美しいアラブ風の透《す》かし模様が描《えが》かれている。

同じドゥバイのホテルでも、まるでハーレムみたいだったアシュラフの部屋とは全然違う……まるで由緒《ゆいしょ》正しい片田舎のモスクに紛《まぎ》れ込んでしまったみたいな敬虔《けいけん》な雰囲気《ふんいき》だ。

パーティーができそうな広いリビングには、木で作られたソファがあり、座り心地《ごこち》の良さそうなシルクのクッションがたくさん置かれている。少し渋めの内装は、巨大な窓の外に広がる、砂漠《さばく》とアラビア湾《わん》の景色と……なんだか不思議にマッチする。

「なんだか、大変な一日だったね」

俺はため息をつきながら、窓のそばに近づく。

窓の外に広大に広がる、何も遮るもののない空。

夕暮れが近づいてきたのを示すように、空はゆっくりと茜色《あかね》に染まってくる。

「あっちに見えているのは、砂漠？　あなたは砂漠の夜って体験したことある？」

「あるよ」

「砂漠の夜ってどんなかな？　すごくロマンティックだろうね」

俺がうっとりと言うと、後ろに立っているジャンニがふいに言う。

「そうだよ。……今から、砂漠に行ってみたい？」

「せっかくこんな国に来たんだから行ってみたいけど……それって可能なの？」

俺が驚《おどろ》いて見上げると、ジャンニはなんだかセクシーな顔で微笑《ほほえ》む。

「お姫《ひめ》様の、仰《おお》せのとおりに」

＊

あの後。

ジャンニは素早《すばや》くいろいろな場所に連絡《れんらく》を取り、４ＷＤの車と、野宿用のテント、そして夕食の入ったバスケットを用意させた。

そして彼の運転で俺たちは、砂漠の中にやってきたんだ。

「砂漠って不思議だね」

サラサラの砂の上に立ち、遠くを見つめながら、俺はうっとりしていた。

満月の下、白い砂は、まるで雪みたいにうっすらと発光しているように見える。

砂丘《さきゅう》の遥か向こう、夜空を明るくしているのは、ドゥバイの高層ビルの夜景。

キラキラと煌《きら》めくそれは、まるでお伽噺《とぎばなし》の王国みたいに見える。

「なんだか、すっごく幻想《げんそう》的だ」

「不思議な場所だろう？　私も初めてこの国に来た時には驚いた。そして心を奪《うば》われた。『この国に自分のホテルを建てたい』と熱烈《ねつれつ》に思ったのも、この景色のせいだ」

「あなたの夢は叶《かな》ったんだね」

俺はなんだか胸を熱くしながら、海岸線に近い場所を指さす。

「あそこに見える一番高い光、あれがあなたのホテルだよね」

小さく、高く、美しい光の王宮みたいに見えるのは、あの『オアシス・ドゥ・ドゥバイ』だ。

「そうだよ」

彼の手が、俺の身体《からだ》を後ろからそっと抱き締《し》める。

「それから……その時に願ったもう一つの夢も、叶った」

「もう一つの夢？」

身体をひねって見上げた俺に、彼は微笑みかけてくれる。

「愛する人とともに、ここから私のホテルを見られた」

「……えっ……？」

「この場所にホテルを建てようと思った頃《ころ》、私は誰《だれ》のことも本気で愛することができなかった。自分がゲイであることにも悩《なや》んでいた。自分には一生本当の恋愛《れんあい》などできないのかもしれない、そう思っていたんだ。だが……」

彼は俺の身体を方向転換《てんかん》させ、俺の顔を真摯《しんし》な顔で見つめてくる。

「私は、君という運命の人に出会えた。そしてこうして愛し合うことができた」

「……ジャンニ……」

「一番大きな望みが叶ったんだ。……愛している、コウジ。君が、この世の何よりも大切だ」

月明かりの下で見る彼の笑顔は、優《やさ》しくて、まるでお伽の国の王子様みたいに美しくて……

俺の心がどんどん熱くなる。

「……ジャンニ、俺も……」

俺は彼の顔を見上げながら、心を込《こ》めて言う。

「……あなたを誰より愛してる。この世の何よりもあなたが大切だよ」

「……コウジ……」

ジャンニの腕《うで》が、俺の身体をそっと抱き上げる。

そして、砂の上に広げられた美しい絨毯《じゅうたん》の上に俺の身体をそっと横たえる。

彼の美しい顔がゆっくりと近づいてきて、甘い甘いキス。

「……んん……っ」

キスはだんだん深くなり、俺の身体もどんどん熱くなってきて……。

「……あ……んん……っ」

名残惜《なごりお》しげに唇《くちびる》を離《はな》された時には……脚《あし》の間の部分が、すっかり硬《かた》くなってしまっていて。

呼吸を乱してしまった俺を、彼が上から見下ろしてくる。

「どうした？　キスだけで、もう降参？」

月明かりの下の彼は、本当にイジワルで。

だけど、そんな彼が、俺は心から愛《いと》おしくて。

俺は腕を上げ、彼の肩《かた》にそっと手を置く。

「……お願いがあるんだ、ジャンニ」

「何？　言ってごらん、お姫様？」

彼の眼差《まなざ》しは、甘くて、熱くて……見つめられているだけで、身体が蕩《とろ》けそう。

「……あなたが俺をどのくらい愛してるか、証明して欲しい」

彼の美しい顔に、愛おしげな笑《え》みが浮かぶ。

「お姫様の、仰せのとおりに」

＊

「……あっ……あっ……やあっ……！」

誰もいない砂漠に、俺の甘い声が高く響《ひび》いている。

彼は俺の胸元《むなもと》に顔を埋《うず》め、まるで獲物《えもの》の味をみる肉食獣《じゅう》みたいに、俺の乳首《ちくび》を舐《な》め上げる。

「……やだ、もう……あう……っ」

チュッと音を立てて強く吸われ、そっと甘噛《あまが》みされて……そこから広がる強烈《きょうれつ》な快感に、背中が反り返ってしまう。

「……やあ……うう、ん……あっ」

突《つ》き出すような格好になってしまったもう片方の乳首を、彼の指先が摘《つま》み上げる。

キュッキュッと揉《も》み込まれて、下腹に甘い射精感が広がってくる。

「……ダメ……もう……ああっ」

放り出されたままの俺の屹立《きつりつ》が、空気の中でヒクヒクと揺《ゆ》れる。

ひんやりとした空気の感じに、自分がどんなに濡《ぬ》れているかを知る。

……ああ、めちゃくちゃ恥《は》ずかしいよ……っ。

俺は、絨毯の上に全裸《ぜんら》で横たえられていた。

海が近いから本当の砂漠ほど気温は下がらないみたいだし、あたたかな彼の身体にのしかかられているから、寒くはないんだけど……屋外でこんな格好をさせられているのは、ものすごく恥ずかしくて。

「……ずるい……俺ばっかり脱《ぬ》がせて……」

俺は快感に泣きそうになりながら言う。

俺は一糸まとわぬ全裸なのに、彼はきっちりと仕立てのいいサマースーツを着たまま。

ネクタイ一つゆるめずに、俺をこんなに感じさせるところが……本当に憎《にく》らしい。

「裸《はだか》になった私に、抱《だ》かれたい？」

囁《ささや》かれる甘い声に、俺は頬《ほお》を熱くしながらうなずく。

「……身体に、あなたの肌《はだ》を、感じたいんだ……」

彼は俺の上からゆっくりと身を起こす。

そして俺を見つめたままで、ゆっくりとその衣類を脱ぎ捨てていく。

月明かりの下に現れるのは、まるで神様の彫像《ちょうぞう》みたいに美しい彼の身体。

彼が下着を脱ぎ捨てた時には、俺の身体はもうどうしようもないほど熱くなっていた。

俺が手を伸《の》ばすと、彼はそれに応えるようにして俺の上にのしかかってくる。

抱き合った拍子《ひょうし》に、しっかりと勃《た》ち上がった二人の屹立が擦《こす》れ合った。

「……ああっ！」

ヌル、と滑《すべ》った感触《かんしょく》に、自分がどんなに濡れてしまっていたかを知る。

「何もしていないのに……」

彼が、俺を抱きしめたままで囁いてくる。

「……もうヌルヌルじゃないか？」

確かめるように腰《こし》を動かされて、二人の屹立が、クチュ、と音を立てて擦れ合う。

「……やっ、んん……うわっ」

彼の手が、自分と俺の屹立を、まとめて握《にぎ》り込む。

「擦れるのは、そんなに感じる？」

「……ああ……やあっ……はう……っ！」

囁きながら、指と、逞《たくま》しい彼で同時に擦られて……俺の目の前が真っ白になる。

俺の先端《せんたん》から白い蜜《みつ》がたくさん飛び……彼の手と、彼の屹立を濡らしてしまう。

「本当に好きみたいだね。こんなに早いなんて」

「……ああ、やあ……あっ！」

彼のたっぷりと濡れた指が、俺の後ろの蕾《つぼみ》に、ヌル、と滑り込んでくる。

「……や、ああ……やあんっ！」

彼の指は、容赦《ようしゃ》なく俺を解《ほぐ》し、恥ずかしいほどヌルヌルにさせて……。

「君が色っぽすぎて、我慢《がまん》ができない。もう大丈夫《だいじょうぶ》？」

彼の囁きに、俺は何度もうなずく。

……だって、もう一秒も我慢できない……！

彼の逞しい屹立が、グチュッ、と濡れた音を立てて俺の中に侵入《しんにゅう》してくる。

焦《じ》らすようにゆっくりと抽挿《ちゅうそう》され、だんだんと獰猛《どうもう》にピッチを上げられる。

砂漠《さばく》の金色の月が、快楽の涙《なみだ》でふわりと曇《くも》る。

「……ああ、ジャンニ……もう、イク……！」

「イッていい。……愛しているよ、コウジ」

彼は囁き、とどめを刺《さ》すように俺を激しく突き上げてきて……俺はもう我慢できずに、ドクッ、ドクッ、と激しく放ってしまう。

「……くうう、ん！　愛してる、ジャンニ……！」

あまりの快感に耐《た》えきれず、キュウッと後ろの蕾で締《し》め上げてしまう。

ジャンニは悩ましげに息をのみ、俺の奥深くに激しく欲望を撃《う》ち込んでくれたんだ。

ジャンニ・バスティス

コンコン！

終業時間も過ぎた、午後九時。

残業の後、小林と明日のスケジュールの打ち合わせをしていた私は、ノックに顔を上げる。

「どうぞ」

「失礼いたします」

ドアが開き、社長秘書室に所属する女性秘書が入ってくる。

「あのお……」

「どうした？」

私が聞くと、彼女はいつもの彼女らしくない当惑《とうわく》気味の顔で言う。

「実は、小林室長にさきほどから何度かお電話が……」

小林は不審《ふしん》そうな顔で、

「私に？　どちらからでしょうか？」

「はい。また、ザイーディ様からですが……」

小林は眉《まゆ》を怒《おこ》ったようにつり上げて、

「彼から私への電話は、繋《つな》がないようにと言ってあるはずですが？」

「それが、あの……」

彼女は困ったような顔で、

「小林室長は社長室にいるだろう、室長の身が危険だからすぐに電話に出せ、と……」

……まったく、あの男は……！

「彼からの電話はしょっちゅうあるのか？」

私が言うと、小林は無感情な顔でうなずく。私はため息をついて電話の受話器を持ち上げ、

「内線の何番？」

「い、一番です。ええと……私は失礼いたします」

秘書は、首を突っ込まない方がいいと賢明《けんめい》に判断したらしく、そそくさと社長室から出ていく。

ドアが閉まったのを確認《かくにん》してから、私は内線ボタンを押し、受話器を耳に当てる。

電話が繋がったノイズに気づいたのか、電話の相手が、

『コバヤシかっ？　無事かっ？　あの男にひどいことはされていないかっ？』

その声は、まさに私が知っているあのアシュラフ・アル・ザイーディだったが、いつものふ

てぶてしい彼とはまるで別人のようにおろおろしていて……私は思わず小さく噴《ふ》き出してしまう。

……恋《こい》に堕《お》ちた男、そのものじゃないか。

「コバヤシではない。私だ」

私が言ってやると、電話の相手は息をのみ、それから怒ったような怒鳴《どな》り声で、

『ジャンニ・バスティス！　社長室にコバヤシを引き込んで、いったい何をしているっ？』

「スケジュールの打ち合わせだ。この私が、秘書に何をするというんだ？」

『おまえなら、秘書にでもいやらしいことをするに違《ちが》いない！』

「君じゃあるまいし」

『あの女神《めがみ》のように美しいコバヤシを前にしたら、どんな男でも野獣《やじゅう》になるはずだ！　きっと権力を盾《たて》にして、抱き締めたり、無理やりキスをしたり、それから……』

私は、受話器を耳から離《はな》して小林に差し出す。

「とりあえず、出てやったらどうだ？」

小林は眉を寄せ、それから嫌《いや》そうなため息をついて、受話器を耳に当てる。

電話の向こうでアシュラフが叫《さけ》んでいるのが、小さく聞こえてくる。

小林はしばらく黙《だま》ってそれを聞いていたが、ふいに、

「この私が、そんな下品なことを受け入れるとお思いですか、ミスター・ザイーディ？」

無感情な、低い声で言う。

アシュラフが、わあ、と驚《おどろ》いたように叫ぶのが聞こえて、私は本格的に噴き出してしまう。

……ほかの男の恋路《こいじ》になど興味はないが……。

私は思わず笑ってしまいながら思う。

……この二人のデコボコぶりを観察するのは、なかなか面白《おもしろ》いかもしれないな。

「仕事があるので切らせていただきます。もう二度と電話なさいませんように」

小林が言って、相手の叫びに構わず、あっさりと電話を切る。

「失礼いたしました。明日のスケジュールの確認を」

アシュラフのことなどすでに忘れ果てたかのように、冷静な顔でスケジュールの確認に戻《もど》る。

……小林にかかっては……。

私は遠い中東にいるであろうアシュラフに、少し同情する。

……あの男も、形なしのようだな。

「し、失礼いたします、社長！」

女性秘書が、慌《あわ》てたように社長室に飛び込んでくる。

「いったいどうしたというんだ？」

「あの、今、受付から電話がありまして、社長にお客様が……！」

私の心臓が、甘く痛む。

「お客？　コウジか？」

「はい、幸次さんと、それからもうお一方……もうすでに受付を突破《とっぱ》してしまったようです」

「コバヤシーッ！」

大声の叫びとともに、社長室のドアがいきなり開かれる。

「無事かっ？」

飛び込んできたのは、信じられない気持ちで顔を見合わせる。

私と小林は、信じられない気持ちで顔を見合わせる。

そこに立っていたのは、アシュラフ・アル・ザイーディだった。

「おとなしく中東にいると思ったのに……いったいどこから電話をして来たんだ？」

私が言うと、アシュラフは息を切らしながら、

「もちろん、このビルの下からだ！　コバヤシ！」

彼は呆然《ぼうぜん》と立ちつくしている小林の前にひざまずく。

「私と一緒《いっしょ》に、ドゥバイに来てくれ！　ほかの妻などめとらないと約束する！」

「……うわ……何？　プロポーズ？」

社長室に入ってきた幸次が、呆気《あっけ》にとられた顔でアシュラフを見下ろしている。

「さっき下で彼らしき人を見かけた時は、まさかと思ったけど……」

「……コウジ」

部活動が終わってから来てくれた幸次は、ストイックな制服姿。革《かわ》の鞄《かばん》とカバーを掛《か》けたテニスラケットを胸に抱《かか》えている。

……一刻も早く、彼と二人きりになりたい。そのためには、多少の犠牲《ぎせい》は仕方がないかな？

……小林にフラれたアシュラフに、しつこくつきまとわれても、困るしな。

「ああ……ミスター・コバヤシ」

私は咳払《せきばら》いをし、無感情な顔でアシュラフを見下ろしている小林に言う。

「君はもう帰っていい。日本にいらしたザイーディ氏を、どこかで接待してもらえないか？」

アシュラフは私の言葉に目を輝《かがや》かせるが……。

「お断りします。仕事が残っていますので」

小林のきっぱりとした言葉に、がっくりと肩《かた》を落とす。

「それなら」

私は、幸次の肩を抱《だ》き寄せて言う。

「私はそろそろ帰らせてもらう。これからデートだ。……行くぞ、コウジ！」

私は幸次の肩を抱いたまま、社長室から走り出る。

驚いた顔をしている秘書たちに手を振《ふ》って見せて、そのままエレベーターに乗り込む。

扉《とびら》が閉まると、幸次はクスクスと笑い出して、

「妙《みょう》な組み合わせだね、あの二人。もしかしたらお似合いなのかも」

「前途《ぜんと》多難は確実だろうけれどね」

私もつられて笑ってしまい……それから幸次の身体《からだ》を抱き寄せる。

「今日はテニスの練習試合だったんだろう？　結果は？」

聞くと、彼は嬉《うれ》しそうに微笑《ほほえ》んで、

「爽二くんに勝てたんだ。これも俺に自信を持たせてくれたあなたのおかげ……ん……」

彼の言葉が終わらないうちに、私はその甘い唇《くちびる》を奪《うば》う。

……なにせ、ずっとお預けにされて、飢《う》え死にしそうなんだ。

日本に帰ってきた幸次は、あなたに相応《ふさわ》しい男になる、と言い出した。

まずはテニスが強くなりたい、と言って、ここのところ毎晩練習ばかりで。

そして……私はもう一週間もお預けをされていた。

「今夜こそ、いいね？」

至近距離《きより》から見つめる、幸次の頰《ほお》がふわりと赤くなる。

「……もう、エッチなんだから。だけど……」

彼の指が私の上着の布地を、キュッと握《にぎ》りしめる。

「……俺も……あなたがすごく欲しいんだ……」

囁《ささや》いて、そっと私にキスを返してくれる。

私の恋人《こいびと》は、美しくて、純情で、純粋《じゅんすい》で……そして本当に色っぽい。

あとがき

こんにちは、水上《みなかみ》ルイです！　初めての方に初めまして！　水上の別のお話を読んでくださった方にいつもありがとうございます！

あ、今、この本を立ち読みしているあなた！　水上が棚《たな》の向こうから見てるぞ〜（笑）。襲《おそ》われないうちにこの本を持ったままレジの方向に向かってゴー！（笑）

今回の『エキゾティックな恋愛契約』は、ルビー文庫さんから出していただいている恋愛契《れんあいけい》約《やく》シリーズの第四弾《だん》です。あ、でも毎回完結したお話なので、この本から読んでいただいても全然オッケーですよ〜。安心してお買い求めください！（笑）「前の本を読んでない！」というあなた、前の三冊を読むと清祥学園のことがよく解《わか》ります！（?・笑）興味があったらぜひ読もう！（笑）しかし。担当のI澤《ざわ》さんにも言われてしまったのですが、このシリーズ、回を追うごとにどんどん濃《こ》ゆくなっているような（笑）。いや、いろいろな面で（笑）。最初は『ちょっと切ない学園モノ』だった気がしますが……（笑・攻《せめ》は学生でなくてオトナでしたので、最初から濃いことは濃かったんだけど・笑）。まだまだ続く予定なのでしっかりついてきていただけると嬉《うれ》しいです〜（笑）。

今回のお話の舞台《ぶたい》は、モロッコ！　そしてドゥバイ！　タイトルからも解るようにテーマはエキゾティックなわけですが、今回の裏テーマは『豪華《ごうか》ホテル！』でした（笑）。打ち合わせの時にホテルの話が出て「今、憧《あこが》れはやっぱり『Aマン・グループ』のホテルですかね。モロッコの『Aマンジェナ』すごいらしいですよ〜」とか「あとすごいのはドゥバイの『Bジュ・アル・Aラブ』らしいです！　行きたい！」とか盛り上がっていて……「じゃあ次はすごいホテルシリーズで！」ということになってついつい書いてしまいました（作中のホテルのモデルになったのはこのあたり。ちょっと創作してありますが・笑）。まあ、ジャンニをホテル・グループのオーナーにしたのも豪華ホテルが書きたかったからなのでした（笑）。ホテル大好きなのです。いろいろな人がいて、旅をしていて、それぞれのドラマがある感じが。世界中の『Aマン・グループ』のホテルを一緒《いっしょ》に泊《と》まり歩いてくれるホテル好きさん募集中《ぼしゅうちゅう》！　とか言いつつ、そんなことをしたらいったいいくらかかるのかすでに想像もつかないので、まずは仕事して貯金しなきゃね……（泣笑）。

　と言いつつ実は水上、この間、こっそりラスベガスに行って来てしまいました。三泊《ぱく》五日（機中泊一日？）の強行軍！　でも、旅行好きなのにもう二年半くらいどこにも行ってなくてですね（涙）。どこかに行きたい病が爆発《ばくはつ》してしまいまして（汗）。楽しかったです（涙）。水上はラスベガスは初めてで、カジノ&リッチというイメージが強かったのですが、行ってみたらなかなかの観光地で、いるのは観光客ばっかり（笑）。行く前にはみんなに「ハンサムでリッチなギャンブラーを捜《さが》してきて～」と言われましたが観光客のいる場所では、そんな方はてんで見かけませんでした（笑）。しかしカジノの奥に高額を賭《か》ける方（というか賭けられるお金持ち？）だけが入れる部屋とか、VIPオンリーの応接室とかあったのを目撃《もくげき》！　そしてホテルの車寄せには黒ガラスのすんごいリムジンが何台も。「きっとあの中にはリッチでハンサムなギャンブラーが！」と妄想《もうそう》を膨《ふく》らませてみました（笑）。

水上はギャンブルには興味がないので目的はいろいろなアトラクションと面白《おもしろ》いホテル！（笑）水上が泊《と》まったのはピラミッド形の『Lクソール』というホテルでした。ピラミッドの中がくりぬかれてロビーになってて、入ったとたんその広さと派手さに驚《おどろ》き！（そして失笑。アメリカ人て……笑）泊まるなら部屋の広い別館がオススメです。あと二十四時間営業のジム&ジャクジー&サウナがあってついつい通いました。ミネラルウォーターやコーヒーが無料だったのもナイス（笑）。最初は内装に引いたけど（笑）妙《みょう》に便利で最後は落ち着いちゃいました（笑）。キャンペーンをやっていてちょうど安かったので『Lクソール』を選んでみたのですが、イタリア系の『Bラッジオ』というホテルと、新しくできた『Vェネシアン』というホテルがすごくオシャレでした。あっちも泊まってみたい～（笑）。

夜には屋外の無料アトラクションとか、某《ぼう》有名マジシャンのショーとかを見ました（あと一日いられればPヴァロッティが見られたのに！　涙）。あと『Eクスカリバー』というホテルでいつもやってる、美形の王様たちだの、金髪《きんぱつ》の王子様だの、魔法使《まほうつか》いだのが入り乱れるファンタジーのショー。ホテルの地下に広いスタジアムがあって本物の馬に乗った王様（というかみんな若いので騎士《きし》っぽい）が駆《か》け巡《めぐ》ります。ハリウッドが近いせいか、みなさんものすごい美形揃《ぞろ》い。ラスベガスに行ってなぜかファンタジー萌《も》えして帰ってきました……（笑）。そして、ラスベガスと言えば砂漠《さばく》の中に突如《とつじょ》現れた街。砂漠も見てきましたよ。アラビアのサラサラの砂の砂漠とはちょっと違《ちが》うけど、「モロッコ＆ドゥバイも行きたい……」と萌えました（笑）。

という感じで（？笑）旅行＆ホテル好きの水上が、かなり楽しく書かせていただいたお話です。あなたにもお楽しみいただければ嬉しいです！

それではここで、各種お知らせコーナー！

★個人同人誌サークル『水上ルイ企画室』やってます。

東京での夏・冬コミに（受かっていれば）参加予定です（二〇〇四年の五月SCCは都合により不参加です・涙）。夏・冬は新刊同人誌出す予定。イベント販売《はんばい》のほか書店依託《いたく》もしてますが、一番確実なのはイベントなので行かれる方はぜひ会場で！　水上もたいてい直参しておりますので遊びに来てね！

★最新情報をゲットしたい方は、PCか携帯《けいたい》でアクセス！

Ｗｅｂ環境《かんきょう》にある方は、『水上通信デジタル版』 http://www1.odn.ne.jp/ruinet へPCでどうぞ。e-mail でメルマガ配信もやっております。さらに携帯用メルマガも始めてみました

（携帯から　http://www.mcomix.net/　へ）。登録名は水上ルイ企画室ですので、検索《けんさく》して見つけてね！

★アナログ版ペーパー（郵送する印刷したペーパーのことです）会員様募集《ぼしゅう》終了《しゅうりょう》のお知らせ。

会員希望の方が増えすぎて（ありがとうございます・涙）事務処理がたいへん困難になってしまいました（大汗）。なので、アナログ版の会員様募集は二〇〇三年度で終了させていただくことになりました（二〇〇三年度会員様、発送が遅《おく》れに遅れてスミマセンでした！　涙）。二〇〇四年度は会員様の募集はありません。最新情報は、ノベルズのあとがき（月一から隔月《かくげつ》で出てます・笑）、公式HP、PCメルマガ、携帯メルマガにて、チェックをお願いいたします！　あ、ご感想やリクエストのお手紙やカキコはもちろん首を長くしてお待ちしておりま〜す！（笑）

それではこのへんで、お世話になった方々に感謝の言葉を。

こうじま奈月《なづき》先生。本当にお忙《いそが》しい中、とても素敵《すてき》なイラストをありがとうございました！　セクシーなジャンニ、可愛《かわい》い幸次、そして今回登場のアシュラフ、格好良かったです！　小林もすごく美人でうっとりでした！　これからもよろしくお願いできれば幸いです！

TARO。これが出る頃《ころ》には庭の桜が咲《さ》いてるかな？　家で花見ができるといいね（笑）。

担当I澤さん、そして編集部のみなさま。今回もたいへんお世話になりました！（汗）これからもよろしくお願いできれば幸いです！

そして最後にお知らせ！　恋愛契約シリーズ第一弾『ロマンティックな恋愛契約』がドラマCDになります！　二〇〇四年三月二十七日発売予定！　ご出演は……速川陽汰＝岸尾大輔さん、真堂秀隆＝子安武人さん、速川爽二＝吉野裕行さん、花房敬吾＝一条和矢さん……ほか、豪華キャストです！　水上も収録に参加しましたが、すっごく素敵でしたよー！　発売はムービックさんから！　ゼヒゼヒゲットしてねっ！

それでは。この本を読んでくれたあなたへ。どうもありがとうございました！

これからも水上はがんばりますので、応援《おうえん》していただけると嬉しいです！

またお会いできる日を、楽しみにしています！

二〇〇五年四月

水上ルイ

KADOKAWA RUBY BUNKO

エキゾティックな恋愛契約《れんあいけいやく》

水上《みなかみ》ルイ

角川ルビー文庫 R92-5　　13302

平成16年4月1日　初版発行
平成16年6月10日　再版発行

発行者――井上伸一郎
発行所――株式会社角川書店
東京都千代田区富士見2-13-3
電話/編集(03)3238-8697
営業(03)3238-8521
〒102-8177　振替00130-9-195208
印刷所――旭印刷　製本所――本間製本
装幀者――鈴木洋介

ISBN4-04-448605-0　C0193　定価はカバーに明記してあります。

KADOKAWA RUBY BUNKO

角川ルビー文庫

いつも「ルビー文庫」を
ご愛読いただきありがとうございます。
今回の作品はいかがでしたか?
ぜひ、ご感想をお寄せください。

〈ファンレターのあて先〉

〒102-8177 東京都千代田区富士見2-13-3
角川書店 アニメ・コミック編集部気付
「水上ルイ先生」係

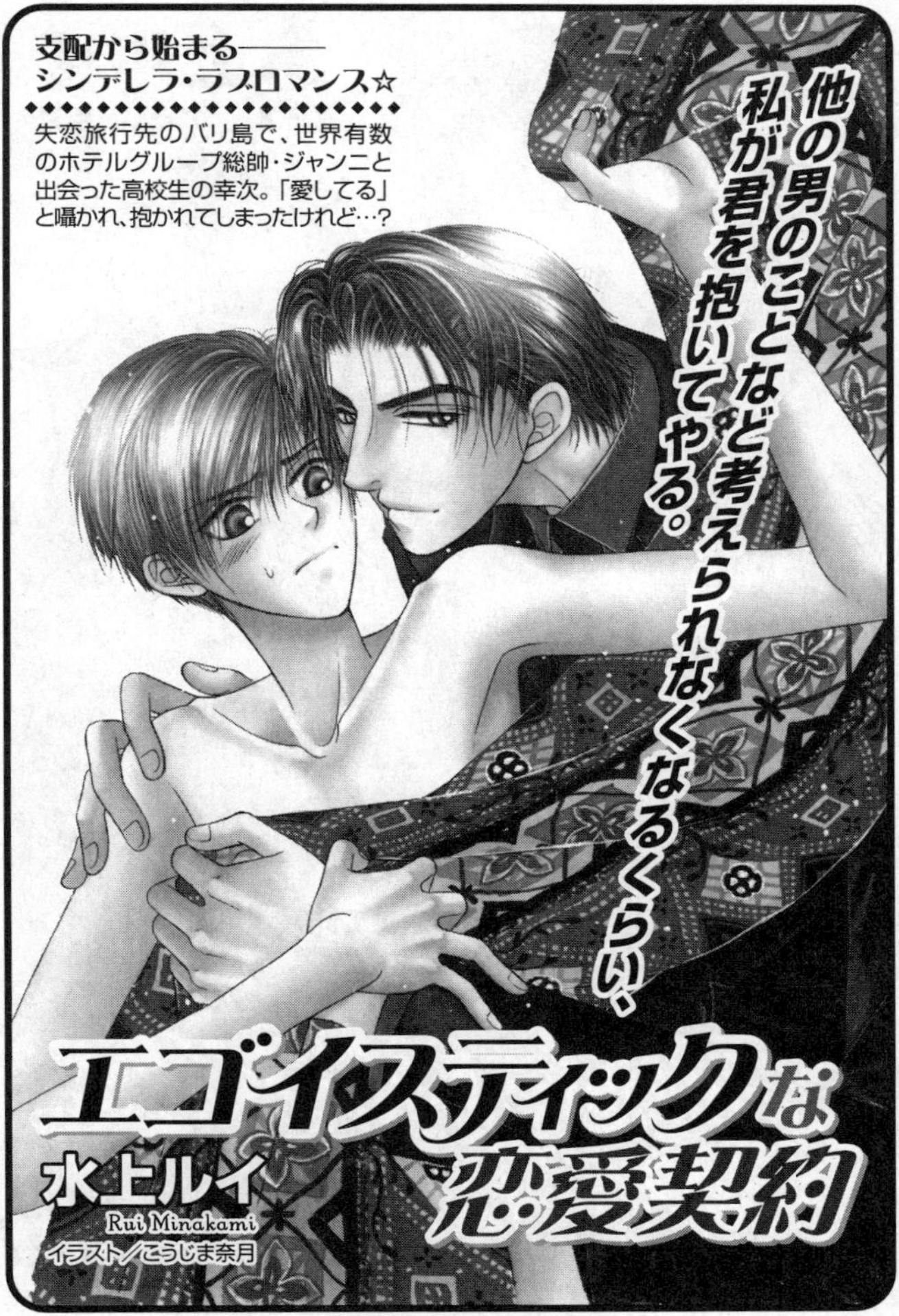
支配から始まる——
シンデレラ・ラブロマンス☆
失恋旅行先のバリ島で、世界有数のホテルグループ総帥・ジャンニと出会った高校生の幸次。「愛してる」と囁かれ、抱かれてしまったけれど…？
他の男のことなど考えられなくなるくらい、
私が君を抱いてやる。
エゴイスティックな恋愛契約
水上ルイ
Rui Minakami
イラスト／こうじま奈月

ルビー文庫